歡迎來到名偵探
福爾摩斯的世界！

名偵探福爾摩斯

Sherlock Holmes

1 紅髮俱樂部

原著／亞瑟・柯南・道爾
編著／蘆邊 拓　繪圖／城咲 綾
翻譯／張東君

命定的相遇！

事件導覽

接下來為大家介紹本書中出現的事件和場景！

我，約翰・華生與福爾摩斯的初次相遇，是在一八八一年。
福爾摩斯只不過看了我一眼，就能說出我居住的地方
及從事的工作，真是令人吃驚！

夏洛克・福爾摩斯

擅長以敏銳的推理能力破解棘手案件，以世界第一偵探之名享譽國際。喜歡抽菸和做實驗。

福爾摩斯與華生
只要仔細觀察這幅畫，就能發現線索。
是……是的。
但，你是怎麼知道的呢？
約翰·華生
是位醫生，也是福爾摩斯的得力助手，負責將破案經過記錄下來。

＊阿富汗：位於中亞的國家，當時正和英國打仗。

一位紅髮男子
的奇妙委託……
奇妙的社團

事件01 紅髮俱樂部

有一天，一位紅髮男子前來諮詢。
他在不久前加入「紅髮俱樂部」，
這個奇怪的社團處處透著詭異氣氛，
他在那裡發現可疑的事情……

文森・斯伯丁

威爾森當鋪的店員。

傑貝茲・威爾森

當鋪老闆，擁有一頭紅髮的案件委託人。

梅利威瑟董事長

倫敦城郊銀行的董事長。

鄧肯・羅斯

紅髮俱樂部會員，在報紙上刊登招募新會員的廣告。

彼得・瓊斯警探

倫敦警察廳的警探，和福爾摩斯是舊識。

房間配置圖

我和福爾摩斯因緣際會成為室友。

貝克街221B室

各種意想不到的離奇案件，就是在這個房間裡一一破解。

就像這些事件……

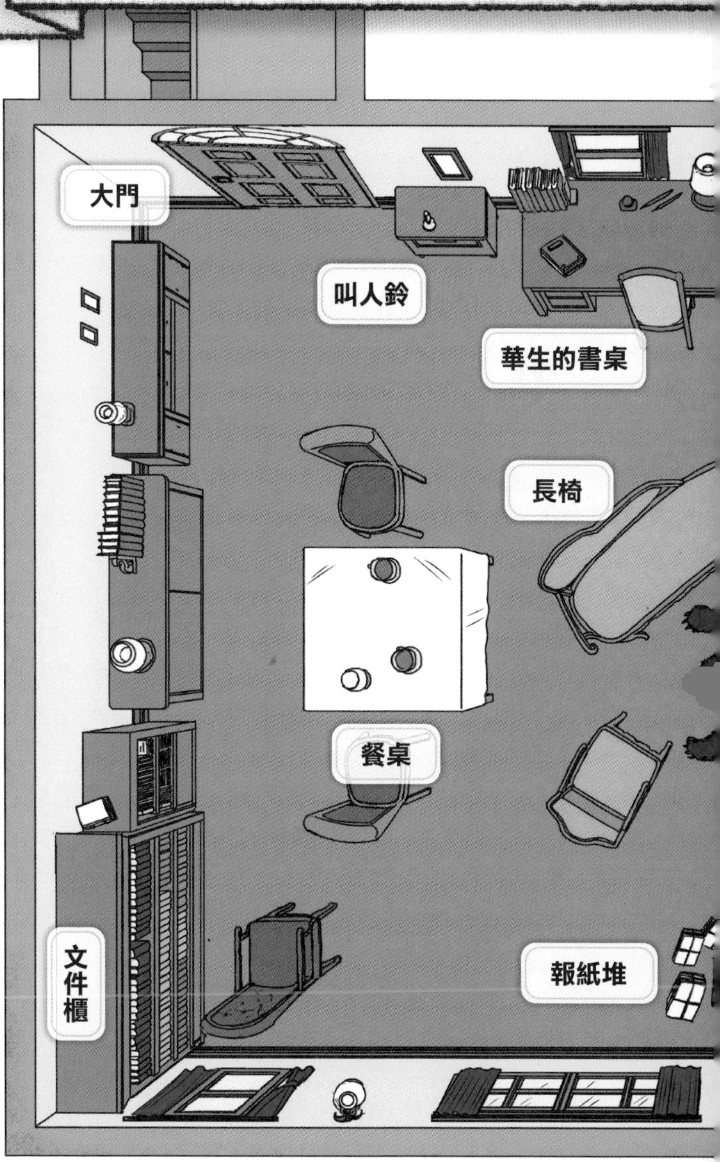

想知道是什麼樣的事件……請翻頁

華生筆記

福爾摩斯活躍時期的倫敦概況

在一九〇〇年前後，許多嶄新的事物陸續被發明，像是汽車和電話等。不過，傳統的物品也仍然持續使用中。福爾摩斯很巧妙的運用這兩者來進行推理並破解案件。

報紙

在還沒有電視和電腦的時代，報紙是民眾了解時事的重要途徑。福爾摩斯會讀好幾種報紙，從中尋找破案的線索。

馬車

當時雖然已經有汽車，但人們依舊經常搭乘馬車。有像公共汽車在固定時間走相同路線的「共乘馬車」，也有類似計程車的「出租馬車」。當然，有錢人則擁有自己的馬車。

當鋪

收取貴重物品當作抵押物，而出借現款給典當者的店鋪。假如典當者在約定日期前還清借款金額，就可以拿回抵押物品。據說當時倫敦有四百間以上的當鋪。

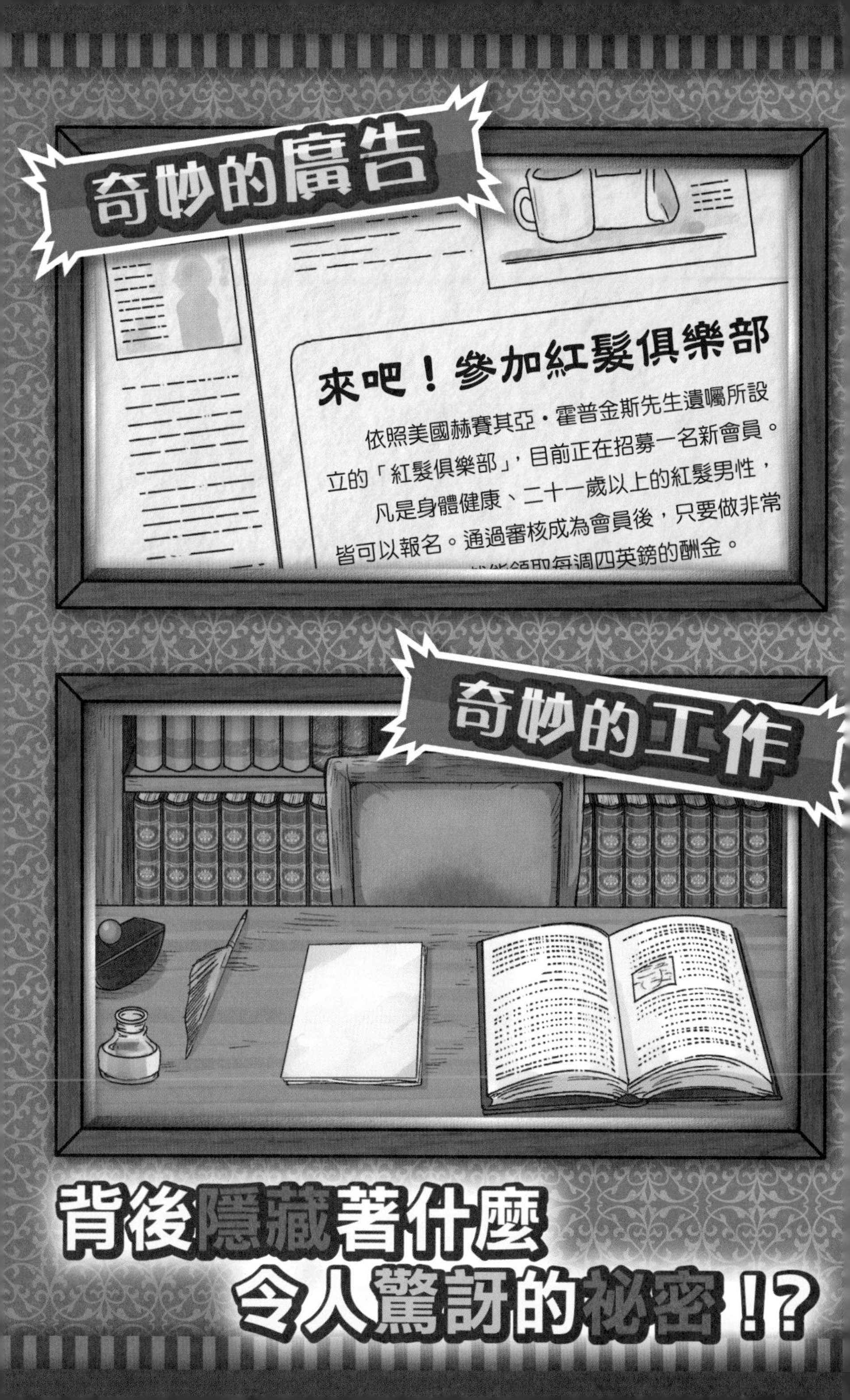
奇妙的廣告
來吧！參加紅髮俱樂部
依照美國赫賽其亞・霍普金斯先生遺囑所設
立的「紅髮俱樂部」，目前正在招募一名新會員。
凡是身體健康、二十一歲以上的紅髮男性，
皆可以報名。通過審核成為會員後，只要做非常
奇妙的工作
背後隱藏著什麼
令人驚訝的祕密!?

事件02

歪嘴的男人

事件就發生在這個房間裡！

衣著體面的紳士聖克萊爾先生，竟從妻子面前消失無蹤……出現在事件現場的可疑男子，是否和他的失蹤有關？

聖克萊爾夫人

奈維爾的妻子，委託福爾摩斯尋找丈夫。

奈維爾·聖克萊爾

「杉木館」的主人，是位體面的紳士，突然消失無蹤。

犯人是在房間裡的可疑男人!?
臥室
後面的窗戶
血跡
聖克萊爾先生究竟在哪裡……
布萊德·史多利德警探
波爾警察局的警探，與福爾摩斯是舊識。
休·布恩
在鴉片煙館三樓的謎樣人物，被稱為「歪嘴的男人」。

事件01 紅髮俱樂部

事件02
歪嘴的男人

序章

夏洛克・福爾摩斯。

對於這個名字，大家應該多少都有耳聞吧！

他是英國第一，不，是世界第一的名偵探。

福爾摩斯不論任何謎團都能解開，他也是打擊罪犯、幫助受害者的正義之士。

這些為人熟知的既有印象想必所有人都如數家珍，然而最令我開心的是，他同時也是我——約翰・華生最好的朋友。

我和福爾摩斯在一八八一年相遇。

我自從醫學院畢業，就一直在國外工作。

那時，我剛回到英國不久，打算在倫敦租屋。

我認為與其一個人住，還不如跟人合租，既可分攤房租*又能互相照應，於是便找朋友商量，請他幫忙介紹合適人選。

「真巧，有位男士也在尋找室友。

不過，他的個性有點兒古怪……」

就這樣，我和朋友前往一間醫院。

那位男士向醫院借了一間實驗室進行化學研究。

朋友向他介紹：

「福爾摩斯，這位是華生醫師。」

眼前這位高高瘦瘦的男士，立刻停下正在做實驗的手，大步朝這裡走來。

他上下打量我一陣子後，微笑著說：

「你好。想必你是從阿富汗回來的吧？」

聽他這麼說，我大吃一驚，因為我確實是在阿富汗生了重病剛回國休養。

「是……是的，但你是怎麼知道的呢？」

「這沒什麼。

我的朋友稱呼你『醫師』，你的姿勢和動作又有軍人的神態，

＊房租：租借房子時必須支付的費用。

所以合理的推斷——你應該是個軍醫。

黝黑的皮膚，從袖子裡露出來的手臂顏色卻很白，顯示你應該

是在熱帶地方被晒黑的。

加上看起來很疲累，左臂有點不靈活，像是生病或受過傷。一名英國軍醫待在熱帶地區被晒黑，而且可能因此生病、受傷的國家，就只有阿富汗符合這些條件。」

「原來如此……」

對於福爾摩斯精準的推論，我感到相當佩服。

我的朋友邊笑邊說：

「對了，福爾摩斯，你不是正在找合租房子的室友嗎？華生也是。」

福爾摩斯聽了，開心的對我說：

「噢，華生，我看中貝克街一間挺不錯的房子，相信你也會喜歡。請多多指教！」

他邊說邊伸出手來，我們就像老朋友那樣握著手。

就這樣，我和夏洛克・福爾摩斯一起住在倫敦市內的貝克街二二一B室。

實際上共同生活後，我發現福爾摩斯比原先聽說的更奇怪。

才以為他整天都待在房裡做實驗，下一秒卻突然拉起小提琴陷入沉思，或是從椅子上跳起來急著出門。

我完全不知道他從事什麼工作。

此外，經常有警察來這裡找他，還有許多來自不同社會階層的人登門拜訪。

福爾摩斯每次都像和我初見時那樣，很準確的說出對方的背景，或是看穿對方所煩惱事件的真相。

沒錯，他的工作就是推理，專為倫敦警方或私人解決疑難的諮詢偵探。

夏洛克・福爾摩斯可說是世界上第一位私家偵探。

今天，在貝克街的住處，同樣有人帶來不可思議的事件。

曾幾何時，擔任他的搭檔，與他一同冒險、記錄案件狀況和破案經過，竟成為我的工作。

就像這起事件……

事件 01

紅髮俱樂部

1 奇妙的廣告

我一如往常打開貝克街二二一B室大門的時候，福爾摩斯正和訪客會面。

我不禁期待著，莫非又有什麼古怪的案件，要請大偵探出馬？

在我這麼想時，注意力瞬間被眼前的景象所吸引。

（這位客人的髮色可真紅啊！）

人類的頭髮有各種顏色。

閃亮的金髮、棕色的頭髮，還有烏黑的頭髮……

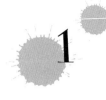

紅髮嚴格說來並不稀奇，不過那人的髮色是相當鮮豔的火紅，非常醒目。

這時，福爾摩斯對站在門口不動的我說：

「嗨，華生。這位是傑貝茲・威爾森先生，他有事委託我調查。」

我認為未經允許，便聽客人訴說事件經過，未免太過失禮，於是打算離開現場。

「那麼，我先到隔壁房間。」

我才轉過身，福爾摩斯便搖頭說：

「不，先別急著走。

我們才剛開始談，聽起來像是前所未聞的有趣事件呢！

威爾森先生，這位是華生醫師，我的得力助手，相信對於你的案子也能幫上忙。若你不介意，是否能讓他留下，在場聆聽事件經

過？」

威爾森先生爽快的說：

「好的，沒問題。」

既然威爾森先生都這麼說了，我就在旁邊的長椅坐下。

我試著觀察眼前這位陌生人。

他的身材微胖，看起來像個商人。

不過，我只注意到他的長禮服大衣和格紋長褲很皺，放在身旁的帽子和外套也磨破了。

此外，他的右手腕上隱約有著像是斑點或汙漬的痕跡，懷錶鍊上垂掛著中央有個方形洞的圓形飾物……

就這些線索而言，我無法推測出這人的身分。

這時，福爾摩斯笑著說：

「這位威爾森先生從前應該是從事經常使用手的勞力工作。他喜歡吸鼻煙*，曾經在中國待過一陣子。沒錯吧？」

福爾摩斯說完，轉頭向威爾森先生確認。

我聽到他如此斷言時嚇了一跳。

威爾森先生似乎更加吃驚，他瞠目結舌的說：

「等等，福爾摩斯先生。我確實在年輕時當過造船木匠*，也非常喜歡鼻煙，其他的事情更如你所說……但你是怎麼知道的？」

福爾摩斯不以為意的點點頭說：

「這是相當簡單的推理。你的右手比左手大且強壯得多，可見

是經常使用右手肌肉做勞力工作所致。

喜歡鼻煙這件事，瞧瞧你的鼻孔內側偏棕色就知道了。

你右手腕上的魚形刺青，是中國特有的圖案，懷錶鍊上掛著的飾品則是中國的錢幣……此外，你最近應該經常寫字吧？」

威爾森先生一臉詫異的說：

「為什麼連這種事你也知道？」

福爾摩斯緩緩的說：

「這沒什麼。你的右手袖子處，約有十二、十三公分左右的範圍，被磨得很光滑，左邊手肘部分則有一塊補丁。

＊鼻煙：不需點火，用鼻子吸入的粉狀煙末。有各種不同的顏色和氣味，可裝在鼻煙壺裡隨身攜帶。

＊造船木匠：專門以木頭造船的工匠。

這表示你經常坐在書桌前，用右手拿筆、左手扶著紙寫字。」

（原來如此……）

我感到非常佩服。

（大家不妨觀察看看。

在寫字或畫圖時，慣用手的袖子一定會在書桌上摩擦。

而另一邊的手肘由於不斷與桌子接觸，所以較容易磨損。）

威爾森先生頓時釋懷的說：

「哈哈哈！我還以為你有什麼特異功能，原來這麼簡單。」

「看吧！華生。每次聽我說明後，大家都會這樣說。我真不該解釋這麼多啊！」

我對苦笑著的福爾摩斯說：

8.27.1890
來吧！參加紅髮俱樂部
依照美國赫賽其亞・霍普金斯先生遺囑所設
立的「紅髮俱樂部」，目前正在招募一名新會員。
凡是身體健康、二十一歲以上的紅髮男性，
皆可以報名。通過審核成為會員後，只要做非常
簡單的工作，就能領取每週四英鎊的酬金。

「不，沒這回事啦！」

我非常清楚，要對人的外形、特徵、衣物裝扮，以及一些小動作等細節觀察入微，並不是件簡單的事。

更何況馬上從這些線索推斷出對方的背景。這並非任何人都能做到。

「威爾森先生，請將事情經過詳細的告訴我們吧！你是如何被捲入這起事件裡？」

聽到福爾摩斯這麼問，威爾森先生立刻拿出一張報紙。

「請看這則廣告。要是沒有注意到它，我也不會像現在這樣苦惱。」

在他遞來的報紙上刊登著一則廣告：

來吧！參加紅髮俱樂部

依照美國赫賽其亞・霍普金斯先生遺囑所設立的「紅髮俱樂部」，目前正在招募一名新會員。

凡是身體健康、二十一歲以上的紅髮男性，皆可以報名。通過審核成為會員後，只要做非常簡單的工作，就能領取每週四英鎊的酬金。

意者請於星期一上午十一點，到艦隊街教皇廣場七號

的「紅髮俱樂部」辦公室，向鄧肯·羅斯報名。

「這究竟是什麼啊？」

我不由得叫出聲來。

那則廣告的內容實在太奇怪了。

既然名為紅髮俱樂部，應該是屬於紅髮人的聚會吧？

可是為什麼要設立這樣的社團，實在令人不解。

而且限定只有紅髮的男性可以入會。

每週還支付四英鎊*的酬金。

*英鎊：英國使用的貨幣單位。當時的一英鎊，相當於目前約六千元臺幣。四英鎊相當於目前約兩萬五千元臺幣。

這可是比在一般公司上班能夠拿到的薪水還要多呢！

我轉頭看著福爾摩斯。

他正坐在椅子上搖晃身體。

福爾摩斯露出微笑：

「真是很奇特！

華生，那是什麼時候的報紙？」

「一八九〇年八月二十七日……大概兩個月前。」

我看著報紙的日期回答。

福爾摩斯點頭說：

「威爾森先生，你可以再從頭說一次細節嗎？

關於你的背景、家庭狀況，以及從事什麼樣的工作。

由於這則報紙廣告，你遭遇到什麼樣的事情等等。」

「我知道了。」

威爾森先生拭去額頭上的汗珠，開始敘述。

「我在倫敦市的薩克斯-科伯格廣場開了一間當鋪*，從前生意不錯，但

*當鋪：收取貴重物品當作抵押物，而出借現款給典當者的店鋪。

最近卻越來越糟，只能勉強維持溫飽。」

「你一個人？所以你沒有其他家人。當鋪也是自己一個人經營嗎？」

福爾摩斯疑惑的問。

威爾森先生搖頭：

「不，我雇有一個店員。雖然我並沒有餘裕多請人，但他說想學做生意，薪水只要一半就好，希望我能雇用他。」

「還真是位讓人佩服的店員呢！」

他叫什麼名字？」

「他叫文森・斯伯丁。

總而言之，我沒有看過那麼機靈、認真工作的人。

他大可不必在我這間當鋪裡工作，也能在別處領到兩倍以上的薪水啊！

不過，既然他這麼說，我當然沒有理由拒絕。」

「你可以雇到那樣的人，運氣真好。

這件事真是有趣。

不過那位店員也相當值得探究。」

威爾森先生點頭說：

「的確，不過他也不是沒有缺點。

斯伯丁非常熱愛攝影，經常拿相機拍攝各種東西。

一有空檔就窩在店裡的地下室沖洗照片。

有那個閒工夫，專心學做生意不就好了嗎？雖然他每次關在地下室許久才出來，讓我有點傷腦筋。但除此以外，工作非常認真。就只有這個缺點。」

（照相機在十九世紀*時發明。喜愛攝影的人不單單只是拍照，還會自己顯影*，將照片沖洗出來。照片的顯影和沖洗必須在全黑的房間裡面進行，所以非常適合在地下室處理。）

斯伯丁連在工作時都能偷閒沖洗照片，他應該真的非常熱愛攝影吧！

在我這樣東想西想的時候，話題終於轉到「紅髮俱樂部」上。

＊世紀：西元每一百年稱為一個世紀。十九世紀是指一八〇一至一九〇〇年期間。

＊顯影：將已曝光的底片，利用化學藥品處理、晾乾等過程，讓影像顯現出來。通常在暗室中進行。

2 奇妙的工作

「嗯……我剛剛講到哪裡？

對了，店員斯伯丁，就是他拿那則報紙廣告給我看。

當時的情況，我到現在還記得很清楚……」

威爾森先生接著繼續說明。

「老闆，快來看啊！真希望我也是個紅髮人。」

聽斯伯丁這麼說，我好奇的問：

「為什麼？」

他將這張報紙廣告拿給我看。

「紅髮俱樂部正在募集一位新會員，只要成為會員，就能獲得一筆錢。但我連入會資格都沒有，真可惜。唉，為什麼我沒有一頭紅髮呢？」

「你在說什麼？到底是怎麼一回事。」

我被他這番令人摸不著頭緒的話搞糊塗了。

「老闆，你沒有聽過紅髮俱樂部嗎？」

我搖搖頭。

斯伯丁興味盎然的說：

「傳聞中的紅髮俱樂部，是由名叫霍普金斯的美國大富豪所設立的。他有著一頭非常醒目的紅頭髮，因為髮色太特別，所以從小到大經常被嘲笑。

於是他立下遺囑，留下一筆財產幫助紅頭髮的人，這就是他設立紅髮俱樂部的由來。

只要成為這個俱樂部的會員，正如這則廣告所說，每週可以獲得四英鎊的酬金，這樣每年就能得到兩百英鎊的收入，相當豐厚。」

「兩……兩百英鎊？」

我叫出聲來。

要是有這麼多錢，對於營運狀況不佳的當鋪，應該不無小補。

斯伯丁像是看透我內心的想法，說：

「老闆，你要不要試試看？」

「我嗎？」

斯伯丁繼續說：

「是啊！老闆，你的紅髮是那麼鮮豔的正紅色，一定會通過的。」

我並沒有很想報名，不過他一直大力鼓吹，最後便答應一起去看看。

來到艦隊街時，我被眼前的場景嚇到。

短短的時間之內，周圍已經擠滿了紅髮人潮。

彷彿全倫敦的紅髮人都聚集到這裡。

大家似乎都被那則報紙廣告吸引而前來報名。

如果有這麼多競爭者，我應該無法入選吧？

正當我想放棄時，斯伯丁樂觀的鼓勵我：

「別擔心，還沒有人的頭髮像你這麼紅呢！」

聽他這麼說，我仔細觀察周圍的人。

雖說大家都有著紅髮，但顏色卻各自不同，有橘紅、磚紅、淺

紅、偏紅色，甚至還有接近咖啡色的棕紅，像我這麼火紅的頭髮，還真的寥寥無幾。

照這樣看來，說不定我真的有機會！

我邊想邊穿過人潮，總算抵達教皇廣場七號。

在那棟建築物的樓梯上有兩排人群。

一邊的人排隊往上走，他們的神情雀躍，期待自己能被選上。

另一排往下走的人群，看起來相當沮喪，應該是被淘汰了。

我們排在往上的隊伍中向前走一陣子，總算進入辦公室。

我看到門牌上寫著「四號」。

辦公桌前坐著一位頭髮比我更火紅的男人。

他正逐一與報名者面談。

然而，他似乎還沒遇見滿意的人，總在說出各種理由後，便以一句「淘汰」當結尾，將面試者送走。

在我逐漸失去自信，認為應該也無法入選時，終於輪到我。

那個男人一看到我就非常開心，用著與看到其他面談者完全不同的愉悅表情起身迎接我。

「你們都回去吧！」

他邊說邊把其他人趕走，並關上辦公室的門。

「這是傑貝茲・威爾森。他想要加入紅髮俱樂部。」

和我一同進入辦公室的斯伯丁向他介紹。

那個男人很認真、仔細的盯著我的頭看。

「太好了，我還沒看過這麼鮮明的紅髮。」

他居然微笑著這麼說。

我愣在那裡不知所措。

那男人向我鞠躬。

「你好，很高興認識你。我是刊登廣告的鄧肯・羅斯。威爾森先生，你相當符合紅髮俱樂部的會員資格，恭喜你入會。」

我感到高興之餘也相當驚訝。

鄧肯・羅斯朝我走來，緩緩的說：

「不過，凡事總得萬無一失*才行……真是對不起。」

話還沒說完，他突然用雙手拉扯我的頭髮。

*萬無一失：非常有把握，絕對不會發生差錯。

我痛得大叫：

「好痛啊！你在做什麼？」

一陣拉扯之後，羅斯心滿意足的說：

「看樣子應該是真的頭髮。不好意思，請你見諒。到目前為止，我被兩次假髮、幾次染髮騙過，所以必須嚴格把關。」

接著，他走到窗邊，對著外面大喊：

「紅髮俱樂部的新會員已經確定，你們可以回去了。」

聽到這句話，窗外傳來此起彼落的哀嘆聲。

原本在這棟建築物周遭的人潮瞬間消散。

辦公室裡只剩下我、斯伯丁和鄧肯・羅斯三個人。

「恭喜你，威爾森先生。歡迎你加入紅髮俱樂部。相信你已經看過廣告上的說明，請問你什麼時候可以開始來俱樂部工作？」

雖然很高興能入會，但我還是不能說謊。

「這個嘛……我還有個小生意，可能無法離開店面……」

在我這樣回答時，斯伯丁插話：

「老闆，別擔心，當鋪就交給我吧！」

聽他這麼說，心中唯一的顧慮也迎刃而解。

我轉頭對鄧肯・羅斯說：

「請問工作時間呢？」

「從上午十點到下午二點。」

對於鄧肯・羅斯的回答，我覺得應該可以試試。

因為當鋪在傍晚後生意最好，其中又以發薪日前的星期四和星期五客人最多，白天則相當閒，交給斯伯丁代為照顧我也很放心。

「好的。不過，我要做什麼工作？」

對於我的詢問，羅斯斬釘截鐵的回答：

「放心，相當簡單。」

我還是繼續追問：

「雖然你說很簡單，但如果沒有事先了解工作內容，我也很困擾。」

鄧肯・羅斯的答案卻出乎我的意料。

「要請你在這間辦公室內抄寫《大英百科全書*》，那邊的書架上有第一冊。桌椅我們會準備好，你只要自備紙、筆、墨水和吸墨紙等工具就可以……」

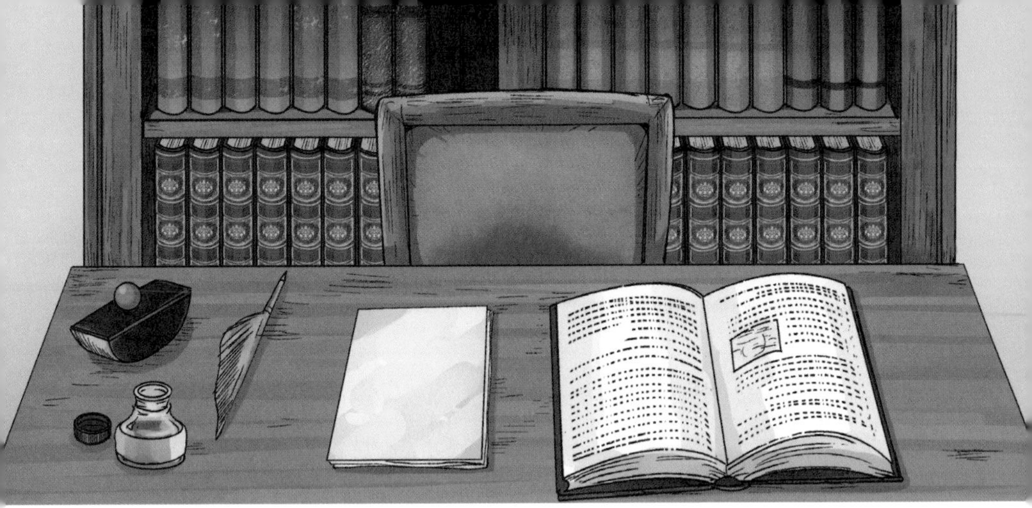

聽起來是相當輕鬆的工作。

這時我才真正放下心來。

鄧肯・羅斯接著嚴肅的說：

「……但是，在規定的工作時間內，一定要待在這間辦公室裡，不能中途離開，也絕對不可以遲到或缺席。請千萬記住這一點。」

我提出疑問：

「如果生病或受傷非請假不可，怎麼辦？」

＊大英百科全書：也譯作《大不列顛百科全書》。製作發行於西元一七六八年，是一套收集、整理各種科目知識和解說的辭典。被認為是目前世界上最知名、最具權威的百科全書。

「抱歉，沒辦法。在你破壞規則時，就會喪失紅髮俱樂部的會員資格。當然，也就無法給付你薪資。請你想清楚，明天是否能開始過來工作？」

為了領取那筆酬金，我禁不住脫口而出：

「好的，我知道了。」

在談定後，我便和斯伯丁一起離開教皇廣場。

我的心情很複雜，既高興又半信半疑。

隔天一早，我出門採買完工作用的紙、筆和墨水，便依約前往紅髮俱樂部。

在那間辦公室裡，鄧肯・羅斯正等著我，桌椅也已經備妥。

鄧肯・羅斯拿出一本《大英百科全書》給我。

「請你先從『A』的項目開始抄寫。」

說完他便離開這裡。

就這樣，我進行著抄寫工作。

鄧肯・羅斯會不時進來檢查我是否認真工作。

「好，今天就到這裡。辛苦你了。」

下午兩點，鄧肯・羅斯從我手上接過抄好的紙張，對我說。

然後我們一起走出辦公室。

接下來的日子，都是重複這樣的狀況。

到了星期六，鄧肯・羅斯付給我事先約定好的四英鎊。

下星期、再下個星期也一樣。

我每天早上十點鐘抵達辦公室，抄寫《大英百科全書》的內容，下午兩點離開辦公室回到店裡。只要這麼做就能獲得每週四英鎊的薪資，天底下沒有比這更容易的事情。

羅斯來檢查的次數雖然變少，不過若是失去這份難得的工作會很可惜，所以我完全沒有想離開辦公室的念頭。

就在這樣規律的循環中度過幾個星期，我抄寫的紙張也已經堆積如山。

「A」的項目即將抄完，眼看就要進入「B」項目。

我在腦中盤算著，這樣下去，一年賺上兩百英鎊應該不是夢。

「可是，這一切卻突然結束。今天早上，當我一如往常到達紅髮俱樂部的辦公室時，大門不但鎖著，門上還掛著這個東西……」

3 奇妙的結束

「紅髮俱樂部就此解散。
一八九〇年十月九日。」

威爾森先生遞到我和福爾摩斯面前的白色厚紙板上，只寫著這幾個字。

我雖然一頭霧水，不過看著眼前拿著這張紙，一臉無奈的威爾森先生，我竟開始覺得好笑。

想必福爾摩斯也有同感。

我們對看一眼，同時大笑起來，而且一笑不可收拾，完全停不下來。

「你們實在很失禮。我可不是想被嘲笑而來這裡。鼎鼎大名的偵探，若是只會做這種無禮的事，我就另尋高明。」

威爾森先生紅著臉，怒氣沖沖的說。

福爾摩斯見他動怒，連忙笑著說：

「抱歉，請稍等一下。我們這樣捧腹大笑的確很失禮，但這麼引人入勝的奇案，我非接不可。威爾森先生，請問你在看到這張紙後，做了什麼事？」

「我還能做什麼？

我問遍那棟樓裡有關四號室的事，都沒有人知道。

他們還說完全沒聽過鄧肯・羅斯這名字。

我向一樓的房東詢問，他說租用那間辦公室的，是一位名叫威廉・莫里斯的律師，他已經在昨天搬走。

我查訪到他的地址，但是住在那裡的卻不是那個人。」

「根本是個徹頭徹尾的謊言。所以你才找我諮詢對嗎？」

福爾摩斯問。

威爾森先生用力的點頭說：

「沒錯。在我去過那位律師留下的地址後，沮喪的回到店裡，跟斯伯丁說我遭遇到的事。

他也感到不可置信，認為紅髮俱樂部不久後應該會跟我聯絡。但是我沒辦法這樣枯等，所以才會來這裡找你，福爾摩斯先生。」

福爾摩斯說：

「原來如此。不過，就我看來，你並沒有任何損失。你不但因此賺到不少錢，還因為抄寫《大英百科全書》，學習到『A』項目的知識。」

威爾森先生不甘心的說：

「這樣說也沒錯……可是，他們花這麼多錢，還費心扯謊，究竟想做什麼？不弄清楚來龍去脈，我的心情無法平靜下來。」

福爾摩斯點點頭，開始嚴肅的提問：

「這倒是真的。

威爾森先生，告知你紅髮俱樂部正在招募會員消息的店員——文森‧斯伯丁，他從什麼時候開始在你的店裡工作？」

「在那則報紙廣告刊登前的一個月開始。

他是看到我徵募店員的廣告來的。」

「來應徵的只有斯伯丁一個人嗎？」

「不，大概有十個人。

其中又以他看起來最能幹，而且他只要一半的薪水。」

「哼嗯……就你所知，斯伯丁是個什麼樣的人？他有什麼特徵？」

「斯伯丁的個子不高，雖然矮小卻很結實，做事認真、迅速。

沒有留鬍子，但年齡應該超過三十歲。

額頭上有塊白斑。」

聽完威爾森先生的說明後，福爾摩斯像是突然想起什麼事情似的坐回椅子上。

「原來如此……那麼，請問他是不是有耳洞？」

「你怎麼知道？他的兩邊耳朵上各有一個耳洞，說是小時候請沿途賣藝的旅行藝人幫他穿的。」

「果然……」

福爾摩斯靠在椅背上陷入沉思。

不久，他露出銳利的眼神。

「斯伯丁現在還在你的當鋪嗎？」

「當然。因為店鋪有他看顧，我才能放心的來這裡找你。」

威爾森先生看起來似乎相當信任他的店員。

「我知道了。這件事在一兩天之內就能水落石出。

今天是星期六，我希望在星期一就能給你答覆。」

福爾摩斯充滿自信的說。

4 奇妙的搜查

威爾森先生回去之後，福爾摩斯問我：

「華生，你對這個事件有什麼看法？」

我兩手一攤，無奈的說：

「完全摸不著頭緒，有種非常奇妙、異想天開*的感覺。」

「看起來越古怪的事件，真相往往越平淡無奇。越平凡、越沒有異狀的犯罪越難解決。總之，我們開始著手處理這個紅髮俱樂部事件吧！」

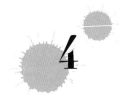

福爾摩斯說完後，拿起菸斗抽了三斗菸。

他靜靜的坐著，把腳抬到椅子上，雙手環抱著腳，就這樣沉思了約莫五十分鐘。

這是他思考時習慣的姿勢。

由於他要我在這段時間內別跟他說話，我便這麼靜靜的陪著他。

*異想天開：非常不可思議，不符實際、不合事理的奇特想法或狀態。

看著彷彿打瞌睡般的福爾摩斯，連我都覺得睏了。

隨著時間流逝，福爾摩斯突然站起來。

他開口便說：

「今天下午在聖詹姆士廳有一場薩拉沙泰*的演奏會，要不要一起去聽？」

薩拉沙泰是很有名的小提琴家。

雖然不知道他跟紅髮俱樂部有什麼關係，不過我並沒有其他預定的行程。

既然福爾摩斯這麼說，就決定跟他一同前往。

「在演奏會開始之前，我想先去一個地方。午餐也在那裡吃吧！」

我們從奧德斯蓋特車站下地鐵，接著走一段路到薩克斯-科伯格廣場。

（咦，這裡是……）

這一帶的房子和道路都相當老舊、狹窄。

我們沿著擁擠的道路往前走，在轉角處停下。

眼前的店面有代表著當鋪的三個金球，和掛著寫有「傑貝茲‧威爾森」的招牌。

這裡應該就是威爾森先生的當鋪。

＊薩拉沙泰：活躍於一八〇〇年代的西班牙小提琴演奏者。

福爾摩斯仔細觀察當鋪四周的環境，在附近來回走動，最後又回到當鋪前。

接著，他做了有點奇怪的事情。

他用手杖重重的在鋪石的路面上敲打好幾下。

隨後，他敲了敲當鋪的門。

店門打開，一位看起來很機伶的男人對我們說：「請進。」

福爾摩斯說：

「抱歉，我只是想要問路。

從這裡到斯特蘭德路該怎麼走呢？」

那個男人回答：

「請在第三條街右轉，再過四條街後左轉。」

說完後，便快速的把門關上。

福爾摩斯笑著說：

「就我所知，他的聰明才智在倫敦應該是排名第四或第三。

這個人的背景我略有所知。」

「他就是文森・斯伯丁吧？看起來不像是個普通的店員，似乎與這個案件有關……」

你故意向他問路，是要看他的長相嗎？」

「不，我想看的是別的東西。」

我疑惑的問：

「什麼東西？」

「那個男人長褲的膝蓋。而且，我的推測也沒錯。」

「看他長褲的膝蓋……你又說這種讓人摸不著頭緒的話。對了，你剛才為什麼敲打路面？」
我才這麼問，福爾摩斯就揮揮手示意我別再多說。

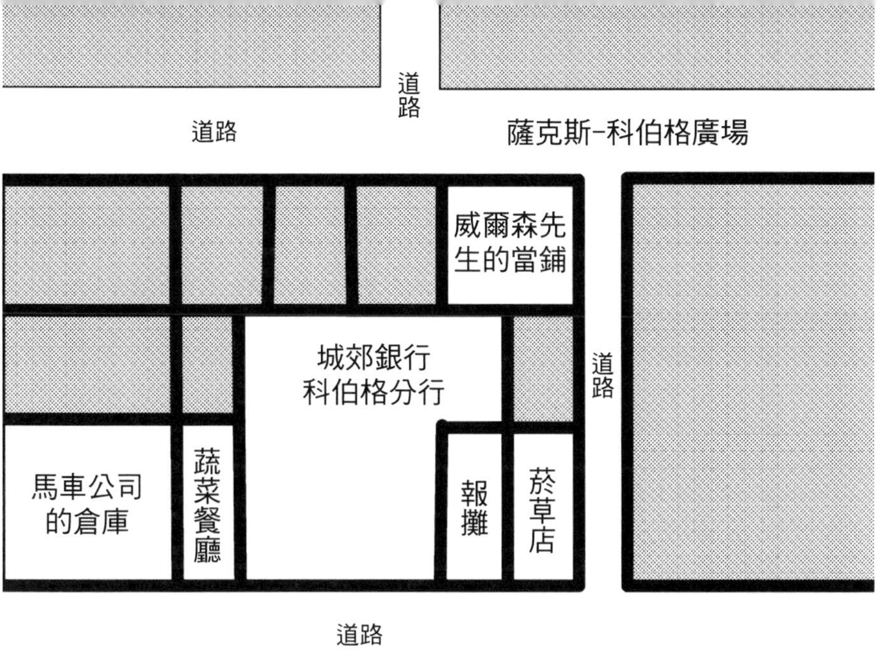

「等一下再解釋，現在先進行偵察。

既然我們已經觀察過薩克斯-科伯格廣場的環境，再去廣場的後面看看另一邊。」

我們繞一圈到馬路的另一邊。

眼前繁華的街景令我吃驚。

假如威爾森先生的當鋪所在位置是後巷，這邊就是大馬路。

路上到處都是行人和馬車，街道兩旁的建築物也相當宏偉。

「菸草店、報攤、城郊銀行科伯格分行、蔬菜餐廳、馬車公司的倉庫……」

正當我以為福爾摩斯刻意在看銀行建築物時，他突然回頭看著我說：

「華生，我們就在這附近吃午餐吧！吃完後先去聽演奏會。讓我們沉浸在音樂的世界裡，暫時忘卻紅髮俱樂部的事情。」

這場小提琴演奏相當美妙。

薩拉沙泰真是天才啊！

在觀眾席裡的另一位天才——夏洛克・福爾摩斯也是音樂愛好

者，既會拉小提琴，也是優秀的作曲家。

整個下午福爾摩斯都面帶微笑且專注的聆聽演奏。這景象讓人完全無法想像，名偵探夏洛克・福爾摩斯平時像警犬般迅速敏捷的模樣。

通常在這個時候，福爾摩斯其實正在累積解決案件的能量。當他越是悠然自得，代表他的推理能力更加活躍，不論什麼樣的罪犯都逃不過他的追捕。

離開音樂廳之後，福爾摩斯問我：

「華生，你等會有什麼事嗎？」

「沒有特別的行程，怎麼了？」

「紅髮俱樂部事件，今晚終於要迎接重頭戲。為了阻止犯罪行為發生，得做相當多的準備。我希望你也能幫忙。」

「我一定配合……所以，我要幾點到哪裡去呢？」

「十點鐘在貝克街的家裡。因為要等相關的人員集合再一起出發，所以約在那裡。

另外，為了以防萬一，把你的手槍也帶著。」

福爾摩斯說完立刻轉身，消失在擁擠的人潮之中……

5 奇妙的埋伏

　　那天晚上十點，在貝克街二二一B室前面停著兩輛二輪馬車。

　　屋內除了我和福爾摩斯，還有另外兩名訪客。

　　一位舊識，倫敦警察廳的彼得・瓊斯警探。

另一位男士是初次見面，他的身材又瘦又高，表情很陰沉。從他穿著高級的長禮服大衣，手上拿著閃閃發亮的絲質高帽看起來，應該是個頗有地位的人。

福爾摩斯向我介紹那位紳士：

「這位是城郊銀行的董事長——梅利威瑟先生。他是我的朋友華生醫師。」

（咦，好像在哪裡聽過……）

我一邊想著銀行名稱，一邊向梅利威瑟董事長打招呼。

「請多多指教。」

董事長也同樣向我打招呼。

不過他似乎不太清楚自己為什麼得來這裡。

「我在這二十七年來，每個星期六晚上都是在玩惠斯特*決勝負中度過。

要是打破我的習慣到這裡，結果什麼事也沒發生，會很傷腦筋呢！」

英國人通常只要決定好的事，就會很頑固的遵守著，他的惠斯特牌局好像也是屬於這一類。

「請您放心，福爾摩斯的判斷總是相當精準，我這警探可以拍胸脯保證。」

瓊斯警探安撫著不太開心的梅利威瑟董事長。

*惠斯特：四個人玩的撲克牌遊戲，橋牌的前身。

福爾摩斯向他道謝：

「謝謝，瓊斯警探。梅利威瑟董事長，今晚事件的勝負保證比惠斯特牌局更刺激、賭注更大。

能不能守住對您來說是巨額的大錢，是否能逮捕瓊斯警探視為眼中釘的罪犯──約翰・格雷，等會兒可是關鍵時刻。」

梅利威瑟董事長完全聽不懂。

「誰啊？哪個約翰・格雷？」

我也有同感。

瓊斯警探連忙說明：

「約翰・格雷是個殺人犯、小偷，也會做假鈔。

雖說倫敦的罪犯不少，但卻沒幾個像他那樣無惡不作。

而且他竟然是與皇室有關係的公爵*之子，曾經就讀伊頓公學及牛津大學，這些通常是讓貴族進的學校。就是這樣的聰明和才能，讓警方更加棘手。他上星期才在北方當強盜，下星期就已經在離得很遠的南方說要蓋孤兒院，說謊騙錢。雖然我已經追捕他好幾年，但到現在連他長什麼樣子都還沒看過呢！」

福爾摩斯笑著說：

「今晚應該就可以讓你見見他。已經超過十點了，我們出發吧！」

*公爵：英國貴族等級最高的爵位。

福爾摩斯說完便穿上短版海軍大衣，拿起打獵時使用的獵鞭。
我們兩人一組，分乘兩輛馬車。
瓊斯警探及梅利威瑟董事長搭乘前面那一輛馬車，我和福爾摩

斯則坐另一輛跟在後面。

在車上時，我忍不住問福爾摩斯：

「那位梅利威瑟董事長任職的銀行是……」

「就是今天早上看過，位於那條大馬路旁的銀行，我們現在也將前往那裡。」

抵達後，我們下了馬車，由梅利威瑟董事長帶路，從大馬路穿過狹窄的巷弄，到達某棟建築物的後門。

梅利威瑟董事長幫我們打開那扇門。

門後的走廊盡頭，有一扇看起來很堅固的鐵門。

當梅利威瑟董事長同樣打開那扇門後，一個通往地下的螺旋梯映入眼簾，而梯子盡頭又是一扇鐵門。

由於過了剛才那扇鐵門之後，裡頭一片漆黑，我們將手提燈*點亮。

一行人仰賴著手提燈的光，在穿過發出泥土味的通道盡頭，打開第三扇鐵門後，總算抵達目的地。

那裡既像巨大的地下貯藏室，也像洞窟，周圍堆滿木箱和笨重的盒子，把整片牆都遮住。

沒錯，這裡就是城郊銀行科伯格分行的地下室。

我們正是待在被三扇鐵門守護著的金庫裡。

福爾摩斯邊用手提燈照亮周圍邊說：

「梅利威瑟董事長，這裡即使被從上面攻擊，應該也抵擋得住吧？」

梅利威瑟董事長得意的說：

「即使是從下方攻擊也不必擔心。」

他說完後，隨手用手杖敲打地板。

「奇怪，聽起來下面像是空的……」

他滿臉疑竇正要繼續說下去時，福爾摩斯連忙阻止他。

「噓，請安靜。你差一點就要讓我的作戰計畫失敗！請你坐在那附近不要出聲。」

梅利威瑟董事長聽到福爾摩斯命令式的語氣，很不高興的往箱子上坐下。

*手提燈：手提式的石油燈。

福爾摩斯拿出放大鏡跪在地上，一手拿著提燈，仔細檢查地面上石頭間縫隙。

過了一會兒，他終於站起身來，將放大鏡收進口袋裡。

接著，他環視在場的其他人說：

「在他們開始行動之前，應該還有一個小時左右。

不管再怎麼大膽的人，在那位好心的當鋪主人威爾森先生睡著前，應該不會下手。

可是，那些傢伙到底在覬覦什麼？假如目標是這個金庫，應該有什麼特別的理

由。關於這些疑問，請梅利威瑟董事長說明。」

「好吧！現在也只能向你們說明。」

梅利威瑟董事長無可奈何，停頓了一會兒，才繼續說下去。

「這個地下金庫藏有三萬枚拿破崙金幣，總值約六十萬法郎*。那是向法國銀行借來的，在我坐的這個箱子裡就有兩千枚金幣！

當然，把這筆巨款集中放在一個地方是很危險的，所以我們也設法做最周全的保護。

不過，這裡藏有巨款的消息已經洩漏出去。」

福爾摩斯嚴肅的說：

*法郎：法國以前使用的貨幣單位，六十萬法朗相當於目前約一億五千萬元臺幣。

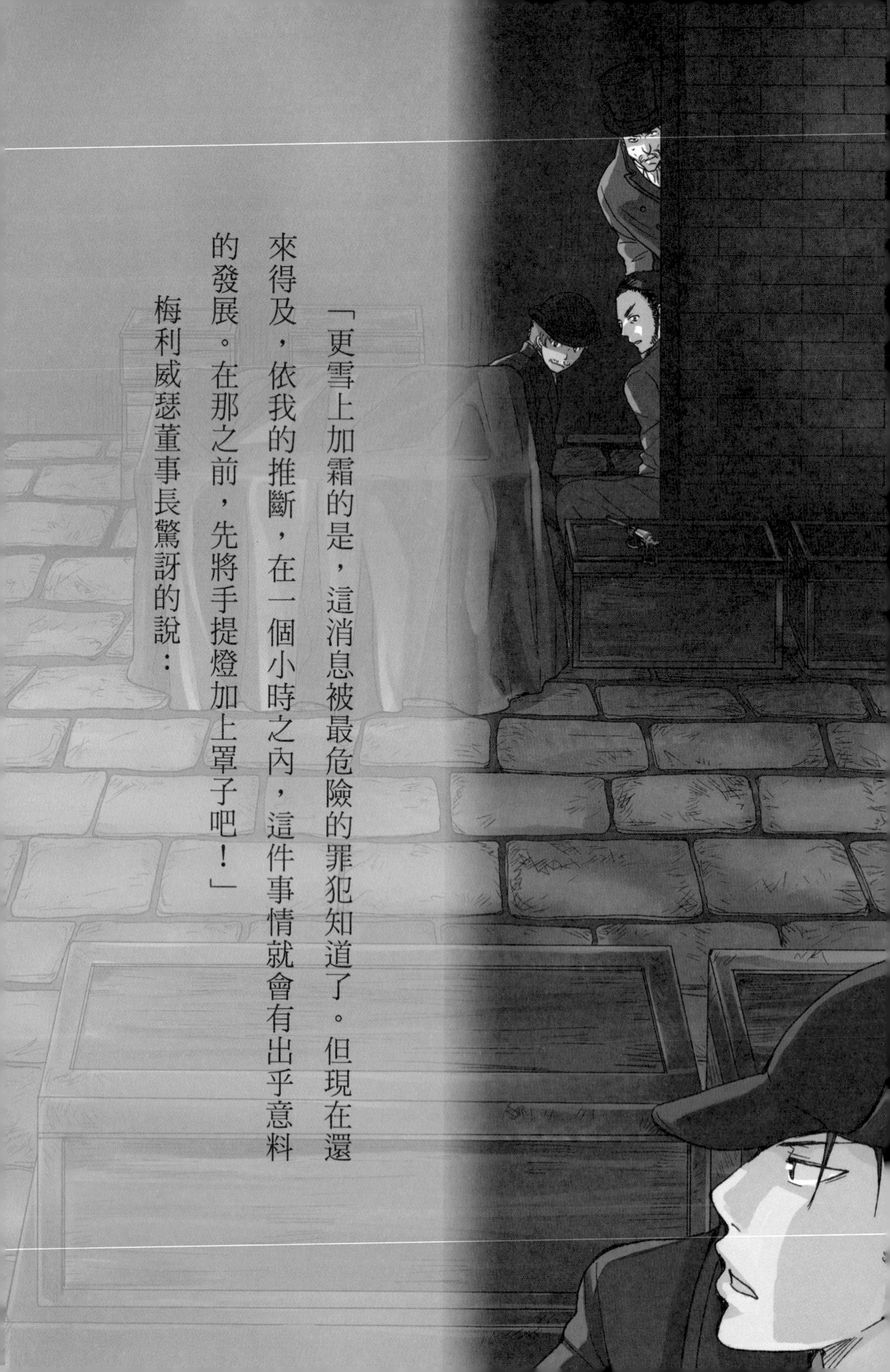

「更雪上加霜的是，這消息被最危險的罪犯知道了。但現在還來得及，依我的推斷，在一個小時之內，這件事情就會有出乎意料的發展。在那之前，先將手提燈加上罩子吧！」

梅利威瑟董事長驚訝的說：

「這樣我們不就得在一片漆黑中待上一個小時？」

福爾摩斯聳聳肩說：

「那也沒辦法！燈光亮著會洩漏行蹤，計畫就失敗了。現在先確定大家的位置與職責，我會躲在這個箱子後面，請你們待在那邊。只要我拿掉燈罩讓燈變亮，大家就跳出來包圍敵人。華生，如果他們開槍，你就立刻射倒對方。」

雖然不知道將發生什麼事，我仍然自信的回答：

「沒問題。」

隨後，我將手槍放在身旁的箱子上。

當福爾摩斯把罩子蓋在手提燈上後，周圍頓時變得黑暗，伸手不見五指。

「瓊斯警探，你有加強布署警力嗎？」

在一片漆黑中，福爾摩斯的聲音聽起來有些回音。

「我在薩克斯-科伯格廣場那裡安排三個人埋伏。無論是誰跳出去，絕對逃不掉。」

「很好。這樣一來，他們就成為甕中之鱉*，而我們只需要等待……」

福爾摩斯滿意的說。

就這樣，紅髮俱樂部的祕密即將揭曉……

*甕中之鱉：困在甕中的鱉。比喻在掌握之中，無法逃脫的人或物。

6 奇妙的犯人

接下來的一小時又十五分鐘，感覺像是過了一夜那麼久。

由於我們躲在箱子後面的陰影處一動也不動，因此身體變得很僵硬，加上極度的緊張戒備，真的很辛苦。

黑暗中，只聽見大家的呼吸聲。

由於神經繃得很緊，就連誰的呼吸聲也都清晰可辨。

漫長的等待，不管身體或精神都已經相當疲累。

這時，我似乎看到一絲光線，從前方的地板中透出來。

再仔細觀察，原本只是一個點的光亮，逐漸變成一條線，接著那條線再擴大，變成一條光帶。

像是鋪在地板上的石頭中間產生一條裂縫。

過不久，裂縫之中居然出現一隻人的手！

那隻又白又細的手，簡直就像獨立在那裡的生物般晃動著，逐漸進入我們的視線。

才剛覺得它變大，卻又倏地縮回地板下。

在那之後，有一陣子沒有任何動靜。

可是伴隨著突然傳出的「嘎啦嘎啦」聲，裂縫周圍的鋪石頓時

彈開，竟然出現一個大洞。

從洞口裡透出手提燈的光明，隨後有個長著娃娃臉的男人把頭探了出來。

在窺伺周圍狀況一陣子之後，那個男人用兩手撐住洞口邊緣，把自己的身體抬起來。

頭、肩膀、腰……我以為接下來出現的會是他的膝蓋，不過他卻直接一躍跳到地板上。

看起來他似乎有同夥。

他把手伸向洞裡，拉著另一個男人上來。

令人訝異的是，第二個上來的男人有著一頭非常鮮豔的紅髮。

娃娃臉男人對著紅髮男人說：

「很好，一切都很順利。亞契，你有把工具帶來吧？

嗚哇，糟糕，回到洞裡去，快逃啊！」

在他著急大喊時，從暗處跳出來的福爾摩斯同時抓住那個傢伙的衣領。

名叫亞契的紅髮男人連忙趁機逃跑。瓊斯警探雖然抓到他的衣服，但隨著衣服的撕裂聲，亞契已經逃回洞裡。

這時，黑暗中有個東西亮了一下。

那是第一個男人掏出的手槍。

然而在下一秒，福爾摩斯的鞭子「啪」的一聲打在他的手腕上，手槍便掉落地上。

「死心吧！約翰・格雷。你再怎

麼掙扎也沒用。」

福爾摩斯冷靜的聲音在金庫迴盪。

名叫約翰・格雷的男人以鎮定到令人討厭的態度說：

「看起來似乎如此。不過我的同伴亞契已經順利逃走，你們所抓到的，只有那塊衣服碎片。」

「真可惜，在出口處有三位警察等著呢！他現在應該跟你一樣被逮個正著。」

福爾摩斯故作遺憾的說。

約翰・格雷頓時吃驚的說：

「你的安排還真是周全啊！這下可就傷腦筋了。」

瓊斯警探掏出手銬對他說：

「喂，把手伸出來吧！終於逮到你了，總算能將這東西銬在你手上。」

約翰・格雷毫不在意的說：

「別用你的髒手碰我！我可是擁有皇家血統，跟我說話要加上『您』和『請』。」

瓊斯警探露出不耐煩的表情說：

「好，我知道了。

那麼，現在請您搭乘我們的馬車到警察局坐坐。」

「這還差不多。」

就這樣，約翰・格雷端著架子被警察帶走。

梅利威瑟董事長發著呆站在原處。

過了一會兒，他才意識到，要不是多虧眼前這位名偵探，這裡的三萬枚金幣早就被剛剛那夥人偷走了。

梅利威瑟董事長真誠的說：

「真是非常感謝你，福爾摩斯先生。

假如沒有你的幫忙，這家銀行可能即將面臨倒閉。

真是不知道該怎麼向你道謝……你希望能領取多少酬勞？請儘管說。」

福爾摩斯笑著搖頭說：

「不必客氣。那個名叫約翰・格雷的男人，我一直想要抓到他，所以只要支付我破案所產生的花費就好。

更何況像紅髮俱樂部這樣詭異的案件，即使我付錢也很難體驗到呢！」

7 奇妙的真相

「換句話說，在報紙上刊登廣告，特地租辦公室應付來自倫敦各地的紅髮男子，全都是為了要騙那個當鋪主人——傑貝茲・威爾森先生一個人？」

隔天早上，在貝克街的家中，當福爾摩斯詳細的對我說明事件的真相後，我感到驚訝不已。

福爾摩斯緩緩的說：

「他之所以編出紅髮俱樂部這個把戲，正是因為威爾森先生有一頭很醒目的紅髮，加上他的同夥亞契也是紅髮人，才想到這個主意吧！

刊登紅髮俱樂部廣告的鄧肯・羅斯就是亞契，斯伯丁是約翰・格雷，這兩個人一起設局讓威爾森先生參加紅髮俱樂部。

除此之外，讓他抄寫《大英百科全書》的目的，是要讓威爾森先生每天有幾個小時不在店裡。

雖然每週四英鎊的酬金是不小的支出，然而與後來即將入手的巨款比起來，根本不算什麼。

再者，無論多麼想學做生意，只要求領一半的薪水也很奇怪。這一定是無論如何都要在威爾森先生的當鋪裡工作才會如此。

約翰・格雷會這麼做，別有居心。」

聽了福爾摩斯的解釋，我佩服的說：

「不過，你是怎麼知道他們想對銀行下手？」

福爾摩斯看著我說：

「我想過各種不同的情況。

例如當鋪裡有想要竊取的東西、他喜歡威爾森先生的女兒或女店員等。

可是那個當鋪生意不佳，既沒有錢或貴重物品，威爾森先生也沒有家人。

那麼，究竟是為什麼呢？我想起他說過斯伯丁很喜歡攝影，總是窩在地下室的那幾句話，讓我印象深刻，也因此起疑。

於是我問起斯伯丁的長相特徵，聽起來和約翰・格雷很符合。

既然是約翰・格雷，一直待在地下室肯定有特殊的動機。

左思右想之後，我認為他應該是為了想去某處而在當鋪的地下室挖掘地道。

接著，我和你去當鋪時，用手杖敲打店門口的鋪石路面。

雖然這行為有些古怪，不過那是在用聲音確認地下是否被挖掘地道。

我吃驚的大叫：

「原來是這樣啊！」

福爾摩斯接著說：

「相當幸運的是，在造訪當鋪時，是那傢伙開的門。

我想看的並不是他的臉，而是他長褲的膝蓋。

他長褲的膝蓋非常髒還磨破，證實我挖地道的推測。

於是我繞到當鋪的後面，那裡不正是有間銀行嗎？兩棟建築物背靠背貼著。

我在敲地板時，聲音是實心的，所以地道並不是從當鋪前面延伸出來，而是從背面延伸出去。

發現這個線索，我就在薩拉沙泰的演奏會結束後到警察廳及銀行，向他們說明我的推理。

事情的經過就是這樣。」

「可是，你怎麼知道約翰・格雷他們會在昨天晚上行動？」

「紅髮俱樂部之所以解散，是因為已經不需要支開威爾森先

生，也就表示地道已經完工。

因為怕金幣會被搬到別的地方，當然要儘早下手竊取。

再加上昨天是星期六，銀行休息，到星期一打開金庫為止，足足有兩天的時間可以逃亡，所以我確定他們在昨天晚上就會動手。

他們必須等威爾森先生睡著以後才能使用地道，所以便能推測出動手的時間。」

我打從心底佩服的說：

「真是相當縝密的推理。把每個看似細微的環節串成一條長鍊子……福爾摩斯，你真是太了不起啦！」

福爾摩斯只是打著呵欠說：

「嗯，不過是幫我排解無聊罷了。人生就是跟無聊戰鬥，偶爾有這樣的事件，才能讓我繼續過下去啊！」

我認真的說：

「託你的福，才能或多或少拯救這個世界。」

福爾摩斯聳聳肩，像是掩飾害羞般的說：

「嗯，或許真的有點小用處吧！

就像有位法國作家說過：『人本身沒有價值，他所完成的事才有價值』……」

事件 02

歪嘴的男人

1 在倫敦的後街

那裡是個瀰漫著詭異氣氛的地方。

倫敦橋的東邊，泰晤士河北岸有個高聳的岩壁，在那後面有條骯髒的後街*，稱為史旺達巷。

我請載我過來的馬車在附近等候，然後獨自走進那條巷子裡。

在賣便宜衣服的店和可以買到琴酒這種烈酒的酒館之間，有個朝向下方的陡峭石階。

石階下方的盡頭，簡直就像洞穴入口般黑暗。

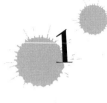

那裡有間門口吊掛著石油燈的房子，搖晃的光線照射之下，可以看到門上的把手。

「好，走吧……」

我果決的打開那扇門，裡面是直直延伸到後方的細長房間。

屋內的天花板很低，排滿多層的床鋪，陣陣煙霧從四處往上飄。看起來咖啡色、有奇怪氣味、讓人聞之暈眩的煙——那是從躺在床上或蜷縮成一團的人們口中啣著的細長菸管中飄出來的。

大家的表情都很茫然，眼睛無神，看起來宛如行屍走肉*。

這裡是可怕的鴉片煙館「金條亭」。

*後街：背巷，從大馬路轉到後面的巷子。又指住屋後面的街巷，或城市中冷僻的街巷。

*行屍走肉：會走動卻沒有靈魂的軀殼。比喻不動腦筋，不起作用，糊裡糊塗過日子的人。

他們所抽的鴉片，是從罌粟果實所提煉出來，足以侵蝕人心和身體的毒品。

只要吞食或抽吸鴉片，不管多麼糟糕的事情都能暫時忘記；倘

若吸食成癮，不抽就會相當難受，最後連思考和活動身體的能力都會喪失。

身為醫生的我，非常知道吸食鴉片的嚴重性。

至於我為什麼會到這麼可怕的鴉片煙館來，當然有目的。為了完成來此的任務，我環視四周，看到房間深處有一位坐在椅子上的老人。

那是一位個子很高、滿臉皺紋的老人，只有他沒有啣著菸管。老人把手肘撐在膝蓋上，將下巴抵在拳頭上，緊盯著腳邊那個火缽裡的炭火。

在我與老人的視線相對時，有個人輕輕的走過來低聲對我說：

「歡迎光臨。請，這邊的床還空著。」

那是個黃種人男性，手上拿著菸管和鴉片。

我急忙揮動雙手說：

「不用了。我是來找一位名叫埃薩・惠特尼的朋友。」

突然，有個人發出「咦咦」的驚叫聲。

我在昏暗之中瞪大眼睛試圖看清楚。

在離我所站之處不遠的床位上，有個看來極為憔悴、蒼白，頭髮蓬亂的男人。

剛剛發出叫聲的就是他。

「你……不是華生嗎？」

2

在「金條亭」

那是幾個小時之前的事情。

凱特・惠特尼夫人來找我談關於她先生的事情。

埃薩・惠特尼是我的朋友，對他和他的太太凱特來說，我也是他們的家庭醫生＊。

＊家庭醫生：身體不適時第一個諮詢的對象，為個人及家庭成員提供全面性、持續性及預防性的健康護理和醫療照顧。

埃薩・惠特尼染上抽鴉片的惡習，很快就把身體搞壞。當鴉片癮發作時，會難過得發出呻吟，身體也不停的顫抖。每次發作時，他就會到「金條亭」吸食鴉片。

不管他的太太凱特再怎麼勸說，也無法阻止他。

這次埃薩・惠特尼居然從星期三出門後，整整兩天都沒回家。凱特很清楚先生去哪裡，但是身為女性，實在不可能親自去那麼危險的地方找人。

當她來向我求助時，我便答應接下這個任務……

「不要，我才剛來，我不要回去！你看，我的身體還在不停的發抖。你至少讓我再抽一管……」

當我想把埃薩・惠特尼帶回家時，他極為不情願，不停的掙扎。

「你說你才剛來？今天已經星期五，而且是晚上十一點了。」

「你騙我，是星期三吧！我才來不久，只抽了二、三管……」

看來應該是因為毒品的關係，讓他搞不清楚時間。

既然那麼不可理喻，我打算直接將他拉走。

在拉扯的過程中，剛才招呼我的黃種人店員急忙從後面跑過來。

我心中暗叫不好。

這時，走廊盡頭的門打開，走出幾位看起來相當凶暴的男人。其中有個像是印度人的可怕人物，邊用手指著我們，邊用凶狠的表情對身旁的人說著什麼。

那些人應該是他的手下吧！

假如只有我一個人，不論是戰鬥或逃走，都還能勉力而為，但是要帶著連站都站不穩的埃薩・惠特尼，幾乎是完全不可能。

在這危急的時刻，原本坐在火缽前的老人站起身，搖晃著身體，一步步緩慢的朝向我們走來。

他正好擋住後面那群凶神惡煞。

「滾開，老頭！」

那個印度人用外國口音大聲咒罵，並且用力推老人的背。

老人就這樣踉蹌搖擺的走向我們。

在他幾乎要撞到我時，小聲的說：

「這裡交給我，快到外面去。」

這聲音好耳熟啊！

我還來不及思考，就被一股強大的力量推到接近大門的地方。

我立刻抓住埃薩・惠特尼，順勢走出鴉片煙館門外。

我身後的大門立刻被關上，裡面傳來門鎖上的「喀嚓」聲。

費了相當大的力氣，好不容易才拉著逐漸從夢中清醒的埃薩・惠特尼爬上石階，穿過巷子坐上馬車。

我心中暗自作了決定。

我寫了一封信給埃薩・惠特尼的太太凱特，再拜託馬車夫把埃薩・惠特尼送回家。

接著，我回到鴉片煙館附近偷偷查看。

過了一陣子，從那棟房子裡出現一個細長的人影。

我正想出聲叫他，那人突然停住腳步，以眼神向我示意。

我們便安靜的一起往前走。

走出史旺達巷，抵達市區街道後，原本彎著腰的老人直起身來，搖搖晃晃的腳步也變得平穩，皺巴巴的臉也變得不同。

雖然身上的衣服和臉上的化妝還保持原樣，但是絕對錯不了。

在確定後方沒有任何人追來後，我對那位已經不再是老人裝扮的男子說：

「福爾摩斯，你去鴉片煙館做什麼？」

3 在二輪馬車上

沒錯，在鴉片煙館裡的那個可疑老人，就是我們的名偵探夏洛克・福爾摩斯。

只要感到驚訝或困惑，我就有不停問問題的習慣。

福爾摩斯一派輕鬆的說：

「華生，我也嚇了一大跳啊！

那個印度人老闆原本是個船員，是相當可怕的傢伙，假如他知道我混進去，可就麻煩啦！」

聽他這麼說，我連忙道歉：

「你是為了偵探的工作才到那裡嗎？如果因此打攪到你，真是抱歉。」

福爾摩斯搖頭說：

「沒關係。你已經找到要找的人，至於我正在尋找的奈維爾・聖克萊爾，在那裡卻沒有絲毫線索。」

「奈維爾・聖克萊爾是誰？」

在我提出疑問時，福爾摩斯只是笑著說：

「這是個充滿謎團的失蹤事件。你要一起來嗎？」

「當然。」

我和恢復平日裝扮的福爾摩斯坐在二輪馬車上，沿著道路從倫敦市內駛向郊外。

我們過了橋，穿過由磚頭及灰泥*蓋的成群建築物，在星空下不停的前進。

「我們的目的地是肯特郡的李鎮，還要再走十一公里。」

福爾摩斯說完，便沉默的駕著馬車。

李鎮究竟有什麼？要去那裡做什麼？跟那間鴉片煙館又有什麼關係？

雖然我的疑問多如牛毛，但是看著專心思考的福爾摩斯，便決定暫時不要打擾他。

直到兩旁成群建築物變少，

周圍出現有著廣闊庭院的別墅時，福爾摩斯從座椅上將身體抬起來。

「在抵達目的地『杉木館』之前，你願意聽我說明這次的事件嗎？」

我苦笑著回答：

「當然。不過，你得先告訴我『杉木館』是什麼？」

＊灰泥：在水泥中加上沙和水攪拌而成，在砌牆時用的材料。

福爾摩斯的說話方式，總是令人摸不著頭緒。

「啊！真是抱歉。『杉木館』是這個事件的主角——奈維爾・聖克萊爾的家。

那裡住著奈維爾・聖克萊爾夫婦，以及他們的兩個孩子。

他大約五年前來到李鎮，跟當地女性結婚。

奈維爾・聖克萊爾現在三十七歲。

他在倫敦工作，每天早上搭火車出門，下午五點多時一定會回家。

他的家庭和樂圓滿，既有許多朋友，也不愁沒有錢花。

但是生活如此幸福的他，卻突然消失無蹤，而且他的失蹤方式非常奇怪。」

我好奇的挺起身來。

「哦，那是……」

根據福爾摩斯的敘述，這次的事件是這樣的……

4 在鴉片煙館的三樓

星期一早上，奈維爾・聖克萊爾一如往常，在太太的目送下，出門前往倫敦。

他在離開前說：

「我會買積木回來給兒子當禮物。」

按照慣例，聖克萊爾夫人應該會待在家裡等候先生回來，看著孩子收到禮物時的開心表情。

但是那天正好送來一封給聖克萊爾夫人的電報，上面寫著：

「有個寄給聖克萊爾夫人的包裹已送達，請到倫敦市內的亞伯丁輪船公司領取。」

由於那是聖克萊爾夫人期待已久的物品，所以她在先生出門後不久前往倫敦。

亞伯丁輪船公司，位於和史旺達巷相通的道路上。

聖克萊爾夫人認為難得來倫敦一趟，就先去購物再轉往輪船公司，領取包裹後才前往車站。

她在途中經過史旺達巷時，是下午四點三十五分。

雖然天色還沒有變暗，不過對女性來說，那是個不適合獨自行走的地方。

由於天氣非常悶熱，她四下張望，尋找可搭乘的出租馬車。

突然，她的上方傳來一聲叫喊：

「哇！」

聖克萊爾夫人大吃一驚，連忙抬頭查看。

下一秒，她卻受到更大的衝擊，愣在原地無法動彈。

因為，她抬頭所見的那棟建築物，在三樓窗前，居然站著她的先生奈維爾・聖克萊爾。

這麼說來，剛剛的那聲驚叫聲，確實是他的聲音。

奈維爾・聖克萊爾先生似乎非常激動的對她揮手，但是立刻縮回窗後，不見蹤影。

他的舉止簡直像是在向太太求救，卻又被什麼人從後面把他拉回去。

此外，她還注意到先生身上穿的衣服雖然跟早上出門時一樣，卻沒有領子*，也沒有領帶，非常邋遢。

聖克萊爾夫人認為先生可能遭遇危險，便沿著石階跑下去，來到那棟建築物前，她完全不知道自己來到名為「金條亭」的鴉片煙館。

（原來如此，這就是福爾摩斯之所以裝扮成老人，潛入那家煙館的原因。）

聖克萊爾夫人不知道自己所處的地方有多麼可怕。

*領子：西裝、襯衫等衣物的領子。有固定縫製在衣服上的，也有可以任意取下的活動式領子。

她穿過那間細長的房間，從後方的樓梯往上爬。

接著，印度人老闆出現，不讓她過去。

聖克萊爾夫人強忍住害怕，拜託他讓自己見先生一面，但是完全沒有用。

不僅如此，老闆還命令手下把她趕出去。

無助的聖克萊爾夫人在小巷中奔跑著求助。

幸好她遇到巡邏中的警察隊。

在說明經過之後，警察隊長和巡警兩個人前往「金條亭」，推開試圖阻擋的老闆，衝上三樓。

可是，根據夫人描述她所見到聖克萊爾的房間裡，卻空無一人。

在檢查過整個三樓之後，只有一個長相看起來醜陋、恐怖，跛腳的男人。

他的頭髮凌亂，臉看起來似乎從沒洗過般的又黑又髒。

那男人最大的特徵是臉上有個大疤，以及因被傷疤拉扯而導致一邊被吊高的嘴唇。

這是個歪嘴的男人，據說他就住在這裡。

那個男人和老闆同聲說道：

「今天沒有任何人到三樓來，一定是那位女士看錯了。」

就目前搜索的狀況看來，確實沒有證

據顯示奈維爾・聖克萊爾先生來過這裡。

在警察們思考著下一步該怎麼做時。

「啊！那是……」

聖克萊爾夫人大叫著，並迅速伸出手，拿起放在桌上的小木盒。打開蓋子瞬間滾出來的，不正是玩具積木嗎？

「這是我先生……今天早上……說要買回家當孩子禮物的東西。」

這時，歪嘴男人突然變得很慌張。

警察隊長也開始覺得這件事情很可疑。

經過調查之後，接二連三發現可能的罪證。

首先，他們在夫人認為奈維爾・聖克萊爾待過的房間窗簾後面，找到幾件衣物。

聖克萊爾夫人也確認過那是她先生的東西沒錯。長褲、襯衫、領帶、領子、皮鞋、襪子……不過卻沒有外套。跟這個房間相連的，是一間放著簡陋床鋪的寢室，在這裡有扇面向後方的窗戶，而在那個窗框上居然發現血跡。

再仔細察看，地板上也有斑斑血跡。

看到這些血跡後，可憐的聖克萊爾夫人昏倒了。

合理的推論，可能是奈維爾・聖克萊爾在這裡受傷，然後從窗戶逃到外面，或是被什麼人帶走。

假如是從面向外面的窗戶逃走，一定會被發現；如果是到一樓，也一樣會被人發現。

何況警察隊很快就抵達，想要溜走並沒有那麼簡單。

依窗框上的血跡判斷，或許他是從後方的窗戶離開，但在窗戶下方卻是高漲的河水。

這裡位於泰晤士河畔，漲潮時水面上升，河川的水位就會隨著漲高。

奈維爾・聖克萊爾是不是跳進河裡，或是被推進河裡呢？

由此推斷，最可疑的就是那個歪嘴男人，當時只有他在鴉片煙館三樓。

這個男人到底是什麼來歷？

離這裡稍微遠一點的針線街，是有好幾所大銀行林立的高雅街道，路邊有個總是坐在那裡賣火柴、長相極為醜陋的男人。

那個男人就是煙館裡的歪嘴男人。

他的名字是休・布恩，在倫敦街頭行乞數年。

因為他的樣子實在太可憐、悲慘，所以路過的人們總是不忍心而將零錢投入這男人面前的帽子裡。

在街角乞討的人就是乞丐，他基本上以行乞為生。但是，這個男人卻不像普通乞丐。

因為他只是長相看起來可憐，要是路人嘲笑他，他會立刻以鋒利的話反駁，讓對方啞口無言。

雖然他的腳不太方便，只能跛著腳走路，不過身體似乎很強壯。

這樣看來，即使是和還很年輕又健康的奈維爾・聖克萊爾打架，也並非沒有打贏的可能。

在這種種情況分析之下，休・布恩越來越可疑。

經過檢查後，發現他襯衫的右邊袖口上沾著血。

假如那血跡和窗框及地板上的一樣，就有可能是跟奈維爾・聖克萊爾爭鬥時沾上的。

也就是說，他極有可能是犯人。

可是，休・布恩說那是自己無名指指甲附近的傷口所留下的血跡。

雖然仔細檢查過他的身體，卻沒有找到任何與犯罪有關的證據。

他堅持沒聽說過也沒看過奈維爾・聖克萊爾這個人，而且沒有其他人進來過這個房間。

「聖克萊爾夫人說她確實有看到。」

當警察隊長這麼追問時，他反駁：

「假如不是她的幻覺，就是腦袋有問題吧！」

警察隊長在束手無策之下，決定將他帶到警局做進一步的調查。休・布恩在反抗中被帶走。

這時，正值退潮，河水的水位變低，警察們連忙繞到後面窗戶的下方。

也許會因此找到奈維爾．聖克萊爾的屍體吧？

然而退潮後的河水裡出現的東西，卻讓他們大感意外。

「那是什麼？外套嗎？」

警察隊長歪著頭傷腦筋。

沒錯，在水面下的，只有奈維爾．聖克萊爾穿過的外套。

拉起來翻看之後，發現口袋裡全裝著滿滿的硬幣。

一便士*硬幣有四百二十一個，半便士硬幣有兩百七十個……

難怪外套沒有被水流帶走。

這究竟是怎麼回事？

根據目前的情況看來，福爾摩斯認為：

「歪嘴男人在鴉片煙館的三樓跟奈維爾・聖克萊爾有激烈的爭鬥。奈維爾・聖克萊爾雖然從面向道路的窗戶探出頭來求助，卻被歪嘴男人拉回去，最後終於從後面的窗戶被推落。

這附近的河川流速相當迅速，屍體雖然被沖走，但是比較難處理的是他的衣服。因為那是確認死者身分的最佳線索。

不過話說回來，要是直接將衣服丟進水裡，因為重量很輕，會浮起來，很容易被發現。所以歪嘴男人把手邊有的硬幣全塞進外套口袋，再從窗戶往外丟。

*便士：英國的貨幣單位。

雖然長褲等其他衣物也想如法炮製，可是還來不及處理，警察隊與聖克萊爾夫人已經上樓，他只好把東西藏到窗簾後面。」

我認為這樣的推論相當合理。

不過，這卻很難解釋奈維爾・聖克萊爾在跟歪嘴男人打鬥之前，為什麼要將衣服脫掉？

還有，他們為什麼要性命相搏？

當我提出疑問時，福爾摩斯思考著說：

「嗯……關於這些疑點，還真的無法釐清。

我剛才說的，也只不過是因為這樣推論較符合邏輯。

奈維爾・聖克萊爾究竟遭遇什麼事？他現在到底在哪裡？為什麼會出現在鴉片煙館的三樓？歪嘴男人休・布恩與奈維爾・聖克萊

爾的失蹤有什麼關聯？

在眾目睽睽之下發現的證據多如牛毛，嫌犯只有一個人……

像這樣看似簡單卻疑點重重的困難案件，還真是不常見呢！」

福爾摩斯相當坦然的對我訴說他遇到的瓶頸。

馬車仍不斷前進。

雖然已經這麼晚了，在樹林的另一頭，卻仍有閃爍的燈光。

「那裡就是『杉木館』。看來聖克萊爾夫人非常擔心，還沒睡呢！」

福爾摩斯說完，在一棟非常氣派的宅第前停下馬車。

5

在「杉木館」

聖克萊爾夫人是位嬌小的金髮女性。

她一開門就問福爾摩斯：

「怎麼了？是不是有好消息？」

福爾摩斯簡短的回答：

「沒有。」

她擔心的說：

「那麼，有壞消息嗎？」

「不，也沒有。」

對於福爾摩斯的回答，聖克萊爾夫人似乎稍感安心。

隨後，她下定決心似的說：

「福爾摩斯先生，我希望您不必隱瞞……您覺得我先生還活著嗎？」

聖克萊爾夫人緊盯著坐在椅子上的我們這麼問。

福爾摩斯猶豫的說：

「嗯……就目前的情況看來，朝活著的方向設想似乎有點困難。」

聖克萊爾夫人緊張的問：

「那麼，他已經死了嗎？」

「很有可能。」

「是被人殺害嗎？」

「還不能確定，不過有這種可能性。」

「假設如此，是在什麼時候發生的呢？」

「星期一，在他離開這個家的那天。」

雖然很難啟齒，但福爾摩斯仍一一回答她的問題。

聖克萊爾夫人聽完後，態度似乎有所轉變。

她質疑的說：

「如果是這樣，那麼我先生寄來的這封信，又該怎麼解釋？」

她邊說邊遞給我們一個信封。

福爾摩斯頓時從椅子上跳起來。

「你先生寄來的信？」

他立刻仔細檢查那封信。

信封上的筆跡相當潦草，不過看得出來那不是奈維爾・聖克萊爾的筆跡。

信封上是郵局今天的郵戳。

此外還看得出來，把信投進郵筒裡的人，手指頭很髒……

「收件人和地址的文字，所使用的墨水顏色不一樣，可見兩邊文字不是同時一口氣寫完的。

有可能寫的人並不清楚地址，在寫完收件人名字後暫時停筆，再去查詢地址。

總之，先看看裡面的內容。」

信封裡裝的信紙，像是從某本書撕下的白色紙片，用鉛筆寫上這樣的內容：

> 親愛的：
>
> 請不要為我擔心，一切都會很順利。雖然發生很大的誤會，不過應該很快就能解決。請你耐心等待。
>
> 奈維爾

「這是我先生的筆跡沒錯，而且信封裡還附上他的戒指。一定是為了表示這確實是他親手所寫。」

聖克萊爾夫人激動的說。

「如果這封信真是他寫的，那就表示他從鴉片煙館三樓消失之後仍舊很平安。」

「那麼，我可以認為他還活著吧？因為這封信是今天寫的呢！」

福爾摩斯嚴肅的說：

「但也有可能是遇害前寫好，今天才寄出。戒指也可以事後拔下再塞進去……」

「不，我先生一定還活著，我可以感覺得到。

我們兩個人都有很強的感應力。

在他出門那天早上，我雖然在一樓準備早餐，但我突然有個靈感，覺得他一定發生了什麼事，便上二樓查看。結果他在寢室刮鬍子時，不小心把手指弄傷。

假如他只留一點點血我都能感覺得到，那麼跟生死相關的事情，我一定不可能不知道。」

聖克萊爾夫人堅定的說。

福爾摩斯對於她的說法不置可否，但也無法反駁。

像這種類似超能力、不合邏輯的事，無法當作推理的證據。

不過，在聖克萊爾夫人說的話之中，隱藏著很重要的線索，只是當時我並沒有注意到。

福爾摩斯反問：

「對於夫人的直覺，我沒有立場說些什麼……但如果聖克萊爾先生平安無事，為什麼不回家呢？」

聖克萊爾夫人沮喪的說：

「我不知道。」

「請問，聖克萊爾先生那天出門時，有沒有特別提到什麼？」

「沒有。所以我在那個小巷子看到他時，真是大吃一驚。」

「那時窗戶是開著的嗎？如果他想要呼喚，是有可能的？」

「是的，他應該可以喊我。」

「但是，他只有『哇』的大叫一聲。這有可能是求救，也可能是因為看到你感到意外而不由自主的叫出聲。他之所以會揮手，也

可能是因為太過驚訝。」

「的確有這個可能。」

「你說他很像是被什麼人從後面拉扯而消失在你的視線之外，那麼，你有看到拉他的人嗎？」

「沒有，我沒看見。」

「那就奇怪了。會不會是他自己向後跳回去呢？」

「嗯……似乎不無可能。但是他為什麼要那樣做呢？」

「這個問題還無法釐清。

我再問最後一個問題，聖克萊爾先生曾經跟你提過有關史旺達巷的事嗎？他有沒有抽過鴉片？」

聖克萊爾夫人很確定的說：

「都沒有。」

福爾摩斯呼了一口氣後說：

「謝謝你，聖克萊爾夫人。這些問題都是我必須弄清楚的重點。我們先休息，明天還有很多事要忙。」

夫人為我們準備了一間客房。

那裡有兩張床，我累得馬上鑽進被窩裡，福爾摩斯卻一點都沒有要睡覺的打算。他可以一連幾天不休息，反覆思考難解的謎團，直到查明真相為止。

他把外套和背心脫下來，換成藍色的睡袍，把枕頭和坐墊收集在一起，疊成東洋躺椅般，接著像東方人那樣盤腿坐下。

他在膝蓋前放置三十公克左右的菸絲及火柴，把常用的菸斗啣在嘴裡，先抽一斗菸。

煙從菸斗裡緩緩升起。福爾摩斯的眼睛看向天花板上的一角，表情像老鷹般機靈敏銳。

我在昏暗的燈光下看著福爾摩斯，不久便睡著了。

突然一聲大叫，把我從剛開始做的夢中拉回現實。

「原來如此。我懂了！」

6 在波爾街的警察局

我被突如其來的叫聲嚇得從床上跳起來。

環顧四周，清晨的陽光照進房裡，映照著陣陣上升的煙霧。

福爾摩斯仍舊啣著菸斗，保持和昨天晚上相同的姿勢。

然而他的表情和昨晚不同，顯得相當開心，眼睛也閃閃發亮。

「華生，你醒了嗎？」

我揉揉惺忪的睡眼說：

「嗯，早啊！」

「我想在早餐前搭馬車出門，你要一起嗎？」

「當然。」

一定有什麼重要的事即將發生，我邊期待著邊換衣服。

現在是清晨四點二十五分，聖克萊爾夫人應該還在睡覺。

福爾摩斯詢問馬車夫，請他把我們寄放的馬車帶出來。

「我想確認一下我的推理是否正確。

啊！居然沒注意到這麼簡單的事情，我真是歐洲第一大笨蛋。

不過，我總算找到解決一切的關鍵。」

我笑著問福爾摩斯：

「假如你是歐洲第一大笨蛋，那我到底算什麼？話說回來，解決問題的關鍵在哪裡？」

「在這個包包裡面，我從浴室裡借來的。走吧！」

福爾摩斯究竟在說什麼啊？

我跟在他身後輕輕的走下樓，坐上馬車。

馬車一路奔向清晨的倫敦街道。

除了在都會市場看到搬運蔬菜的載貨馬車，兩側的住家都還陷在沉睡之中，非常安靜。

「這確實是件奇怪難解的案子。我就像是鑽在土中的鼴鼠，什麼也沒看見。現在終於得到答案了。」

福爾摩斯駕著馬車自言自語。

這些話聽來令人感到值得信賴。

進入市區後，早起的人們陸續從窗口探出頭來，開始各自的一天。

馬車經過泰晤士河，抵達波爾街的警察局。

福爾摩斯的名號在警察圈裡相當有名，因此我們很順利的進

去。

「早啊！福爾摩斯先生，怎麼這麼早就過來？」

值班的布萊德・史多利德警探向我們打招呼，他在警局裡待了一整晚。

「奈維爾・聖克萊爾失蹤事件的嫌犯，是被關在這裡的拘留所*沒錯吧？」

福爾摩斯問。

布萊德・史多利德警探點頭說：

「是的，休・布恩被關在單人牢房裡。」

「他安分嗎？」

「是的，不過他實在髒到令人受不了。」

「我們可以見見他嗎？」

「福爾摩斯先生想見他，當然沒有問題。請到這邊來。」

在布萊德・史多利德警探的帶領之下，我們前往拘留所。

走廊兩側並排著好幾道門。

布萊德・史多利德警探指著其中一道門對我們說：

「就是這裡。我把這個小窗打開，你可以從這裡往內看。」

從位於門上方的小窗朝內看，休・布恩——歪嘴的男人，臉朝外睡得很熟。

那張臉真是嚇人。

*拘留所：尚未判罪或等待偵訊，暫時拘押人犯的地方。

一塊相當大的傷疤、因此被拉扯的皮膚、吊起來往外翻的嘴脣、露在外面的三顆牙齒……

還有一頭紅棕色、凌亂無比的頭髮蓋在臉上，相貌實在可怕。

除此之外，他的臉簡直骯髒到極點。

「如何？很驚人吧！」

警探對我們說。

福爾摩斯點點頭說：

「的確。看樣子有必要幫他好好洗把臉呢！

我早料到會有這種情況，看，我連工具都帶來了！」

我被福爾摩斯邊說邊從包包裡拿出來的東西嚇了一跳。

那是洗澡時刷洗身體用的大海綿。

「哈哈哈，你還真幽默啊！」

警探看到洗澡海綿後大笑。

福爾摩斯則是一副正經八百的表情說：

「雖然很麻煩，但請盡量安靜的幫我把這道門打開。我會讓這位先生變得很帥氣。」

「沒問題。」

警探輕輕的打開門鎖，讓我們進去。

單人牢房裡有個水罐，福爾摩斯把海綿浸在裡面吸水。

歪嘴的男人仍舊睡得很沉。

福爾摩斯用手拿著海綿靠近……突然就在男人的臉上搓了起來。

「現在，我在此向大家介紹……肯特郡李鎮的奈維爾・聖克萊爾先生。」

福爾摩斯高聲說。

歪嘴男人的臉，在被潮溼的海綿搓洗過後，簡直就像是把樹皮剝下來，一切全改變了。

原本很粗糙的皮膚變得光滑，可怕的傷疤頓時脫落，嘴脣的歪斜也恢復原狀。

不但如此，就連那一頭亂髮，

也在福爾摩斯的手中一扯即落。

眼前的人，不再是那個又髒又醜的乞丐，而是皮膚白皙、擁有一頭黑髮的紳士。

這時，那男人似乎醒了。

他眼神迷茫，起初不知道發生什麼事，不過馬上意識到自己的真面目被揭穿，急忙用枕頭將臉遮起來，但是為時已晚。

「這到底是怎麼一回事？他就是那個失蹤的人嗎？」

布萊德・史多利德警探驚訝的問。

「是的，我是奈維爾・聖克萊爾。我犯了什麼法，非得被關到這裡？」

那男人豁出去似的說。

「因為你是殺害奈維爾・聖克萊爾的嫌疑犯……咦！等一下，你就是奈維爾・聖克萊爾，我們好像不能用這個罪名起訴你……這到底是什麼情況？

我在警界已經二十七年，還沒見過這麼奇怪的案件啊！」

布萊德・史多利德警探，說著說著忍不住笑出來。

「我就是奈維爾・聖克萊爾，所以根本沒犯任何罪，你們可是非法拘禁我啊！」

說。

奈維爾・聖克萊爾態度變強硬的說。

「你的確沒有犯罪。不過，你犯下大錯卻是不爭的事實。你為什麼不把真相告訴妻子？」

聽到福爾摩斯這麼說，奈維爾・聖克萊爾突然垂頭喪氣的坐到床上。

「只有妻子知道也就算了，但我不想讓孩子們覺得羞恥，知道自己的父親居然做這種工作……我究竟該怎麼辦才好？」

福爾摩斯在他身旁坐下，親切的說：

「假如就這樣上法院等待判決，這個祕密一定會人盡皆知。如果你現在對警察說出實情，這件事就不至於鬧大，我也會向警探求情。」

奈維爾‧聖克萊爾聽福爾摩斯這麼說，便開始敘述自己為什麼打扮成歪嘴男人的來龍去脈……

7 在拘留所

「我在英格蘭中部出生長大，父親在那裡擔任教師，因此我受過良好的教育。

年輕時我時常四處旅行，做過很多不同的工作，其中最有趣的是當演員，我學習到如何變裝和化妝。

我來到倫敦之後，成為晚報的記者，在各種不同的場所聽聞許多事情。

有一次，總編輯對我說：『在倫敦有許多乞丐，我想要做一篇關於他們的報導』。

這個專題聽起來很有趣，我便接下這份採訪的工作。

那時，我覺得光是去訪問、聽他們敘述會很無趣，於是便想到不如裝扮成乞丐，然後把自己的體驗寫成報導。

我在演戲時獲得的經驗幫上大忙。

我將整張臉塗滿油彩*，不但做了假的傷疤，還貼上膚色繃帶，故意

塗抹粉底顏料　製作傷疤　把一邊的嘴唇拉高

把嘴脣吊高變得歪斜。盡可能讓自己看起來很可憐。

然後戴上紅棕色的假髮，穿著破舊的衣服，在熱鬧的街頭坐著。

雖然我把這樣乞討之後發生的事情和感想寫成報導，但最令人驚訝的是，我只不過在路邊坐了七個小時，就獲得二十六先令*四便士的收入。

我寫完那篇報導後，便不再繼續扮演乞丐，直到有一天，我得幫朋友還清他欠下的二十五英鎊債務。

*油彩：含有油質的粉底顏料，供舞臺演員化妝使用。

*先令：英國從前使用的貨幣單位，為一鎊的二十分之一，等於十二便士。二十六先令相當於目前約七千五百元臺幣。

我靈機一動，想到之前扮乞丐的經驗。

於是我向公司請假，假扮成歪嘴的男人，在街上行乞，短短十天之內就存到足夠的錢還清債務。

雖然債務已經還清，不過我也因此變得不想再忙碌的工作。

想想看，只要坐在街頭一天就能賺到一星期的薪水，我為什麼要認真工作呢？

於是我辭掉報社的工作，專心扮成乞丐行乞賺錢。

當然，像我這樣的乞丐是很罕見的。

因為我能扮成非常可憐的樣子，加上受過教育，所以能和路人聊天、回嘴，逗他們開心。

白天時我以歪嘴男人——休・布恩的姿態坐在路邊，晚上則恢復成紳士的身分。

知道這個祕密的，只有史旺達巷的鴉片煙館老闆。我向他租下三樓的房間讓我換衣服，並且付給他許多租金，希望他替我保密。

因此我一點都不擔心祕密會被洩露出去。

就這樣，我靠著行乞，一年賺超過七百英鎊，存下一大筆錢，在李鎮買房子，也結了婚。

妻子完全不知道我從事這樣的工作，一直相信我每天早上是去倫敦的公司上班。

可是，在上星期一，當我像平常一樣結束工作正要換衣服時，正好看向窗戶外面，和站在下方的妻子視線相對。

因為太過驚訝而大喊出聲，我連忙用手擋住臉，著急的往後退。

我才剛拜託老闆不要讓任何人上樓，就聽到妻子的聲音。

她要是硬闖上來就糟了，我趕緊穿上又髒又破的衣服，並裝扮成休・布恩。

雖然我有自信不會被識破，但如果警察來調查，從平時穿的衣服中就有可能查出我的真實身分。

於是我想到將衣服從窗外扔出的

主意，在我打開窗戶時，早上刮鬍子所割到的傷口裂開，流了不少血。

我急著把乞討得來的錢放進外套裡增加重量，丟進河裡。在我正要將剩下的衣服處理掉之前，警察隊就已經衝進來。我趁著空檔撕下手邊書籍的空白部分，很快的寫下給妻子的信，和自己的戒指一起放進信封裡交給老闆，請他之後想辦法幫我寄出。

因為只要妻子收到信，她就能安心，剩下的事情總是有辦法解決，然後我就被警察帶走了。」

這時，福爾摩斯開口說：

「聖克萊爾夫人昨天才收到那封信呢！」

奈維爾．聖克萊爾著急的說：

「什麼？她這幾天一定擔心死了。」

布萊德．史多利德警探說：

「因為我們一直監視著煙館老闆啊！他應該是把信偷偷託付給誰，而那個人卻忘記寄出，所以耽擱了幾天。」

布萊德．史多利德警探接著說：

「總之，休．布恩這個人不能再出現，否則我就要公開這一切。」

奈維爾．聖克萊爾信誓旦旦的說：

「我發誓絕對不會。」

布萊德．史多利德警探轉身對福爾摩斯說：

「福爾摩斯先生，多虧有你才能解開這個錯綜複雜的謎團。你是怎麼看穿事情的真相？」

福爾摩斯笑著說：

「嗯……我盤腿坐在枕頭和坐墊上，把三十公克的菸絲通通燒成灰和煙之後就懂了。」

接著，他轉身對我說：

「華生，這件案子已經順利破案，我們搭馬車回貝克街吧！這樣應該還趕得上吃早餐。」

關於這個故事

和夏洛克・福爾摩斯一起辦案——「紅髮俱樂部」之謎

編著・蘆邊 拓

這位聞名世界的大偵探——不只爸爸媽媽，就連爺爺奶奶也一定知道的夏洛克・福爾摩斯。英國作家柯南・道爾，以他為主角所寫下的故事共有六十篇。

我從其中挑選出特別精采的傑作，改寫成適合中小學生閱讀的版本，希望大家讀完這套書，都能對福爾摩斯的故事產生興趣。

本書的兩則故事選自短篇集《福爾摩斯探案全集2：冒險史》。

〈紅髮俱樂部〉是福爾摩斯系列中特別受到讀者喜愛的故事，從紅髮委託人來訪，敘述自己的奇妙經驗開始，相當引人入勝，讓讀者迫不及待想了解事情的真相。

擠滿紅髮人潮的地方、只需抄寫百科全書的工作，以及突然解散的俱樂部……光是這些情況已經夠讓人莫名其妙，福爾摩斯卻做出更多令人摸不著頭緒的事，讀者只能像華生那樣感到困惑。

當最後謎團解開，真相大白時，讀者就會知道，原來福爾摩斯那些怪異的行為都是有目的的。這時的驚訝和恍然大悟，正是閱讀偵探小說及推理故事時最大的樂趣。

在〈歪嘴的男人〉中談到當時所流行，會讓人身心都生病的鴉片，以及比認真工作賺得更多的乞丐，讓人一窺輝煌倫敦的黑暗面。福爾摩斯同樣投注自己的智慧，讓意外的真相逐漸浮現。

如煙霧般消失無蹤的紳士，連警方也束手無策的謎團，會被怎樣的手法解開？在看福爾摩斯推理之前，歡迎大家先自己思考看看，這也是閱讀偵探小說的樂趣之一。

福爾摩斯還有許多精采案件，讓我們期待下一本書的故事吧！

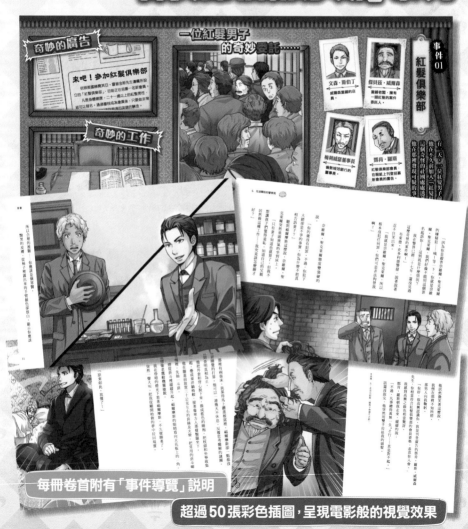

原著　**亞瑟・柯南・道爾**

一八五九年生於英國蘇格蘭的愛丁堡，是英國知名作家，也是愛丁堡大學的醫學博士。道爾雖然是醫生，卻對文學更感興趣，因為受到作家愛倫・坡的影響，開啟創作偵探小說的契機。一八八七年，首部以福爾摩斯為主角的推理偵探小說《血字的研究》出版，所造就的福爾摩斯旋風轟動文壇。

他一生共寫了五十六篇短篇和四部中篇，全部以福爾摩斯為主角的偵探小說，雖然他也寫過不少其他類型的小說，但都不如福爾摩斯的故事暢銷。

道爾在創作福爾摩斯故事時，結合醫學知識以及科學推理方法，並融合了社會學、犯罪學、病理學、地質學、心理學、解剖學和邏輯學等科學及社會知識，使得破案過程相當充實且豐富，也造就了前無古人的福爾摩斯式推理，道爾因此被譽為「偵探小說之父」。

書中推理情節精采之處，唯有莫里斯・盧布朗所塑造的怪盜亞森・羅蘋可並駕齊驅，這兩套名作也成為推理冒險小說必讀的經典名著。

編著　**蘆邊 拓**

一九五八年生於日本大阪市。同志社大學畢業。擔任《讀賣新聞》記者後，以《殺人喜劇的十三人》獲得第一屆鮎川哲也獎。主要執筆撰寫本格派推理故事，著作有《第十三位陪審員》、《木偶城（Grand Guignol城）》、《紅樓夢殺人事件》、《販賣奇談的店》等多部作品；也編纂、編譯了「NEO少年偵探」系列、《十歲前必讀世界名著06：名偵探夏洛克・福爾摩斯》、《十歲前必讀世界名著12：怪盜亞森・羅蘋》、《十歲前必讀世界名著24：海底兩萬里》等少兒版或合集作品。

繪圖　**城咲 綾**

日本知名漫畫家、插畫家。代表作有《漫畫少年名著：湯姆歷險記》、「漫畫百人一首物語」系列、《十歲前必讀世界名著06：名偵探夏洛克・福爾摩斯》，以及插畫作品《漫畫 La La》等。

翻譯　**張東君**

重度推理迷。小時候熱愛福爾摩斯、亞森・羅蘋、明智小五郎與小林少年，國中時期創辦只出了四期的《偵探週刊》，開啟真的有在接案的「偵探聯盟」。最快樂的是能以審書或推薦導讀之名，行推理小說先睹為快之實。從二〇一八年八月起擔任「臺灣推理作家協會」祕書長，現為科普作家、推理評論家。推理相關譯作有《昆蟲偵探：熊蜂探長的華麗推理》、「屁屁偵探」系列等。

動小說

名偵探福爾摩斯 ❶ 紅髮俱樂部

原著：亞瑟・柯南・道爾｜編著：蘆邊 拓
繪圖：城咲 綾｜翻譯：張東君

總編輯：鄭如瑤｜文字編輯：姜如卉｜美術編輯：莊芯媚｜印務經理：黃禮賢
社長：郭重興｜發行人兼出版總監：曾大福
出版與發行：小熊出版・遠足文化事業股份有限公司
地址：231新北市新店區民權路108-2號9樓
電話：02-22181417｜傳真：02-86671851
劃撥帳號：19504465｜戶名：遠足文化事業股份有限公司
客服專線：0800-221029｜E-mail：littlebear@bookrep.com.tw
Facebook：小熊出版｜讀書共和國出版集團網路書店：http://www.bookrep.com.tw
印製：漾格科技股份有限公司｜法律顧問：華洋法律事務所／蘇文生律師
初版一刷：2018年7月｜初版七刷：2020年1月
定價：350元｜ISBN：978-957-8640-31-3

國家圖書館出版品預行編目 (CIP) 資料

名偵探福爾摩斯 . 1, 紅髮俱樂部 / 亞瑟 . 柯南 . 道爾原著 ; 蘆邊拓編著 ; 城咲綾繪圖 ; 張東君翻譯 . -- 初版 . -- 新北市 : 小熊 , 2018.07
176 面 ; 14.8×21 公分
ISBN 978-957-8640-31-3 (平裝)

873.59　　107008208

小熊出版官方網頁　小熊出版讀者回函

親愛的讀者：
福爾摩斯遇上難解謎團！
只要看完「名偵探福爾摩斯」系列
的五本書，就能解開通關密語。
快來挑戰吧！

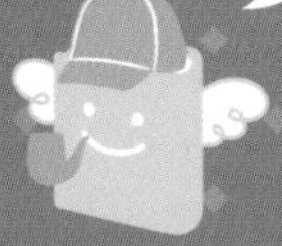

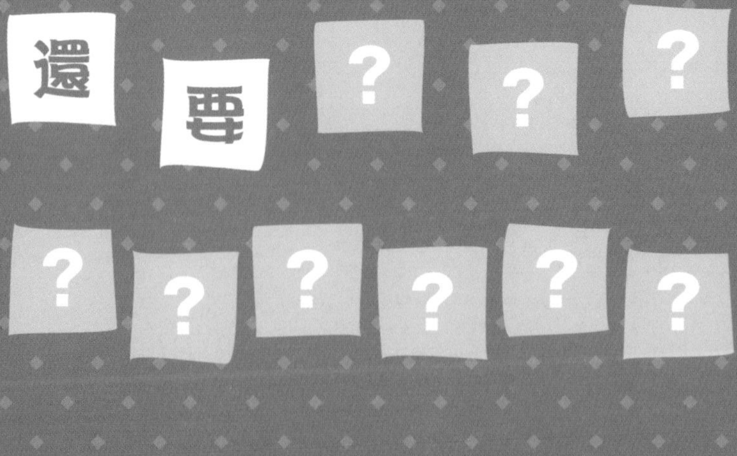

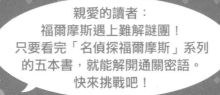

★*Special Gift* 專屬贈品★

終極66桌遊炫卡

讀推理冒險名著，玩益智數學桌遊，
你也能像福爾摩斯睿智聰明！

數學運算大挑戰　玩桌遊同時練心算

集炫卡，玩桌遊！全套十冊「怪盜亞森．羅蘋」和「名偵探福爾摩斯」系列，每冊書末皆附贈精美遊戲炫卡，集滿十冊共四十張遊戲炫卡，就可以和親朋好友一起玩「終極66桌遊」喔！快取下左頁的四張炫卡，開始收集吧！

◆**遊戲人數**：3～4人

◆**遊戲年齡**：7歲以上

◆**牌卡內容**：內含數字牌共二十七張（分別為數字1～5、7各四張，數字6三張）。功能牌共十三張，包含迴轉（⟲）四張、跳過（Ø）四張、±10兩張、±20兩張，寶石牌一張，共四十張。

◆**功能牌說明：**

迴轉牌（⟲）：改由前一位玩家的方向出牌。

跳過牌（Ø）：跳過下一位玩家接續出牌。

±10牌：可自由選擇加10或減10。

±20牌：可自由選擇加20或減20。

寶石牌：可任意喊數字。

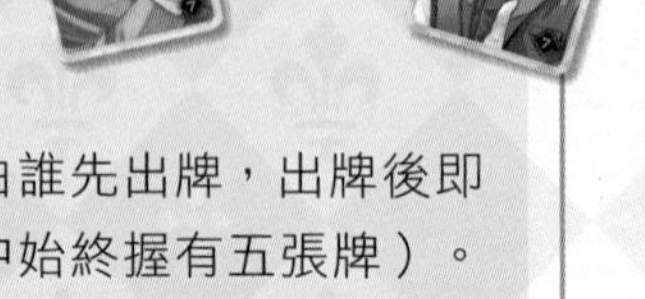

◆**遊戲玩法：**

發給每位玩家各五張牌，可以猜拳決定由誰先出牌，出牌後即可自剩下牌卡堆中抽出一張牌（保持手中始終握有五張牌）。每打出一張牌，便將它和桌上所有打出的牌數字加總，若有玩家出牌後累計數字達到66或超過，該位玩家即為輸家。

❖若已無牌可抽，則將已打出的牌卡進行洗牌後繼續抽。持續到輸家出現為止。